Miss Marte

Manuel Jabois

Miss Marte

Papel certificado por el Forest Stewardship Council®

MIXTO
Papel procedente de
fuentes responsables
FSC
www.fsc.org   FSC® C117695

Penguin
Random House
Grupo Editorial

Primera edición: febrero de 2021

© 2021, Manuel Jabois
© 2021, Penguin Random House Grupo Editorial, S.A.U.
Travessera de Gràcia, 47-49. 08021 Barcelona

© Diseño: Penguin Random House Grupo Editorial, inspirado en un diseño original de Enric Satué

Printed in Spain – Impreso en España

ISBN: 978-84-204-5432-0
Depósito legal: B-19141-2020

Compuesto en Arca Edinet, S. L.
Impreso en Unigraf, Móstoles (Madrid)

A L 5 4 3 2 A

Sólo las semillas tenían ganas cuando el mundo empezó.

XACOBE CASAS

Para Gabriela

Índice

1. Dios

De la novia se dijo que había aparecido en su propia boda de blanco «como si estuviese metida en una secta», y que la mañana anterior la había pasado regando las plantas del patio hasta ahogarlas. Esto último no lo confirmaron ni uno ni dos invitados, sino varios, y pasaron tantos años diciéndolo que ya nadie dudaba de que fuese verdad. Ni siquiera el dueño de la casa, que no había tenido una planta en su vida.

Se dijo además que el chico que habló en la ceremonia era un amigo íntimo de ella, alguien con quien había ido al colegio, y que al acabar de pronto la fiesta, con el sol saliendo y los jardines llenos de coches de policía, el novio le preguntó a la novia por aquel amigo y ella contestó, mirando como una sonámbula el mar, que no lo conocía de nada, pero que el traje con el que ella se había casado era de él. Y esto se confirmó que era verdad.

También era verdad que los padres de la novia no habían acudido a la boda, pero no porque desaprobasen la relación, sino porque no sabían de ella desde que cumplió dieciséis años, edad de la que el cura dijo, sentado en una de las sillas del banquete mientras le tomaban declaración, que era «aproximadamente» la edad del diablo, pues consideraba que el demonio era «un adolescente», frase que inquietó tanto al agente que le preguntó si lo decía por lo de las tentaciones.

De la novia se contó que todo lo que tocaba se derrumbaba tarde o temprano, a veces sólo porque ella pasaba cerca. Eso era falso, pero después de la boda todo el mundo se sintió con derecho a contar lo que ocurrió a su manera, casi siempre de una forma muy literaria, quizá porque el camino más corto para olvidar un cuento de terror es convertirlo en un cuento infantil.

Una invitada llegó a decir que la hija de la novia no era suya, disparate tan grande que ni los más entusiastas pudieron replicarla, entre otras razones porque la niña tenía todos los rasgos de la madre, desde buena parte de sus gestos, sobre todo el de desaire, hasta las mismas tres pecas casi invisibles en cada lado de la boca y en la punta de la nariz formando una cruz imperceptible que tenía que señalarte ella para poder apreciarla, de tal forma que su secreto más íntimo estaba en su cara.

La novia era alta, morena y tenía una cara vagamente guapa, vagamente atractiva y vagamente interesante; la cara de una mujer que siempre está a punto de conseguir algo. Tampoco lo consiguió aquella noche, cuando estuvo tan lejos que en mitad de la noche le confesó a una amiga que si le fuera concedido un deseo no pediría salud, amor o dinero, sino desaparecer o que el tiempo se parase y los congelase a todos en ese momento, delante de las llamas, y minutos después de acabar de decirlo, cuando salían las dos descalzas del baño, llegaron desde el interior de la casa las voces de un hombre grande y barbudo: «¡*A nena non está!*», y recordaba ella, la novia, que se quedó paralizada mirando a aquel señor con la pajarita desamarrada, un triángulo de la camisa por fuera, dando voces como una sirena del puerto, con un tono de voz que no esquivaba la alarma pero daba cierta tranquilidad, como si la niña estuviese correteando entre las piernas de los invitados, y eso fue lo primero que pensó ella y lo primero que le dijo a la policía: que aquel hombre parecía haber nacido para anunciar la desaparición de niños, que estaría bien que se dedicase a eso y, aún más, pudiese montar una empresa de eventos que instruyese a cuatro o cinco invitados como él, cuerpos de grandes pulmones y barbas espesas, para enseñarles cómo obrar en caso de que desapareciese un crío.

Uno de los agentes que se presentaron allí, dos horas después, había sido «concejal en su juventud», frase que repetía con profundo respeto el padre del novio. Era un hombre pelirrojo que, mientras su compañero tomaba declaración, registró la casa con aire melancólico y escribiendo anotaciones mínimas. Fue él quien les pidió los nombres a los contrayentes, como si esa función le fuese otorgada por los viejos tiempos, y llegó a crisparse porque la novia no recordase el suyo. Pero ella no recordaba su nombre, y lo recordaría pocas veces más desde ese día, no desde luego el día en que murió, cuando ya no sabía ni su nombre ni su fecha de nacimiento, sólo el nombre de su hija, Yulia, y el día en que la tuvo, «un día de muchísimo sol, todas las casas del pueblo tenían las ventanas y las puertas abiertas, y se oían desde el río los gritos de los niños».

—Se llama Mai Lavinia —dijo el novio—. Y yo, Santiago Galvache.

Al pasar dos semanas, un periodista publicó una página en el diario local en la que se recogían unas declaraciones de la novia, las únicas que hizo sobre el caso, pidiéndole a la policía que se asegurase de que Yulia se encontraba bien, y contó que había entregado a los agentes una nota con detalles sobre lo que más le gustaba (el mar) y lo que menos (el pescado) para que se la hiciesen llegar a la persona o personas que la retenían, porque no pensó nunca en otro crimen que el del secuestro y aquello tenía que ver con la manera delicada y hermosa con la que Mai se había acercado al mundo e integrado en él, sin sospechar siquiera el mal, no digamos ya concebirlo o padecerlo de la forma tan absoluta en que lo tuvo que concebir primero y padecer después.

Cuando llegaron los investigadores hubo que reconstruir cien veces todo lo que se había hecho ese día con la niña. Santiago contó de lo que se encargaba en verano: acompañarla al aseo cuando se despertaba, darle un colacao mientras le ponía los dibujos en la tele, y luego quitarle el pijama para vestirla, y antes de que se vistiese siempre lo mismo: se lavaba los dientes y la cara, hasta enjabonarla, y después se pegaba a la pared para medirse, todos los días del verano, y Santiago le hacía la marca en la pared y luego lo apuntaba en una libreta de tapas «horribles», según añadió mi exmejor amigo, Martín Novás, que ese día estaba a lo importante. Sobre las once se despertaba la madre y salían las dos a la playa de Barrosa de Xaxebe, en la Costa da Morte. El día de la boda no cambió nada: pasaron juntas toda la mañana y parte de la tarde, se bañaron en la orilla, se fueron a vestir y Yulia, antes de irse con el resto de los niños para llevar las arras, le deseó a su mamá «buena suerte». Ese día, 3 de junio de 1994, cumplía tres años.

Tengo guardados los periódicos de la época. Y la gente recuerda bien los detalles, inventados y reales, porque fue la última boda por la iglesia que se celebró en el pueblo. Desde entonces Dios siguió estando presente en los bautizos y en los entierros, pero no quiso volver a saber nada del amor.

2. Mai

Veinticinco años después de la desaparición de Yulia Lavinia se rodó un documental sobre ella que terminó convirtiéndose en un documental sobre la vida y la boda de Mai Lavinia, su madre. Mai se había convertido en un rarísimo icono *underground* en la comarca y hasta se hizo una especie de *biopic* con poquísimo presupuesto del que el director dijo que no lo había podido acabar de ver, suponiendo la gente que por la emoción. Todo se hacía para satisfacer a un público de culto hechizado por el personaje, pero hasta entonces nunca se había acercado al suceso alguien a quien el público le daba igual, el personaje también e incluso rechazaba investigar, o fingir que investigaba, la desaparición de Yulia Lavinia.

La directora de ese documental se llamaba Berta Soneira, y era una mujer joven que había publicado dos libros, uno de ellos un libro de no ficción que resultó ser un superventas traducido a doce idiomas sobre Martin Albert Verfondern, un holandés que se había ido a vivir a una «remota y desmoronada» aldea gallega, donde fue asesinado por sus únicos vecinos y antaño amigos. «Remota y desmoronada» lo había escrito en *El País* Silvia R. Pontevedra, la periodista que el día antes de la llegada de Soneira a Xaxebe me llamó para pedirme que fuese el asistente personal de la directora durante el rodaje del documental sobre Yulia y Mai Lavinia, alguien que tomase nota de todo lo que dijese e hiciese durante esos días.

Soneira llegó a Xaxebe el mismo día que yo, 21 de febrero, en un coche que tenía el intermitente izquierdo roto. «Tengo el brazo congelado», dijo. Aparcó frente al ayuntamiento y salió del coche con una bufanda de colores y un abrigo beige de algodón, sonriente pero no mucho, cercana e interesada por todo lo que veía, con la curiosidad científica de una exploradora. Un agente de la policía le llamó la atención: «Perdone, el vehículo está mal estacionado». «Dele tiempo», respondió ella. Subió volando hacia la alcaldía barriendo los escalones con el abrigo, como si fuese la cola de un vestido de novia, y se presentó al alcalde, que tenía aún más prisa que ella.

—Mire, yo no quiero que mi pueblo sea un Puerto Hurraco, a vueltas toda la vida con esta historia —la recibió el alcalde, Francisco Girón y Girón, recogiendo papeles de su mesa.

—No se preocupe, será Eichmann en Jerusalén.

—Dígame entonces —dijo el alcalde, en plan «así mucho mejor»—, ¿qué planes tiene?

—Planes ninguno. Ya los hago todos los días con el número de palabras que voy a escribir y los kilos que voy a bajar, y ya ve.

—No la capto.

—Que escribo poco y engordo mucho.

—Yo la veo muy bien.

—No me acose.

El alcalde tenía los ojos como platos. Berta Soneira causaba primeras impresiones terribles. Pero había tal fascinación en su manera de hablar que deseabas todo el rato que llegase la segunda impresión, como si la siguiente porción de una tarta envenenada te fuese a sentar bien.

—El chico de los Galvache, como le dije en el correo, ya no viene casi nunca al pueblo. Pero estará en primavera en el cumpleaños del padre. Pepe tiene setenta y cinco años, pero cada año cumple uno menos. Está fuerte y tiene la memoria de los hijos de puta. Vive en la misma casa de siempre, cualquiera le puede dar las indicaciones —dijo el alcalde.

—¿La casa es Punta Faxilda?

—La casa de la boda. Una casa llena de gente guapa y desgraciada. Y mire, ¿qué va a hacer con esto?

—Hablaré con la gente para que me cuente lo que hizo un 3 de junio de hace veinticinco años, los días antes y los días después.

—Le van a hablar mucho y le van a contar poco.

—¿Usted también?

—A la boda fui, pero vamos, fue mucha gente —dijo mientras daba una tarjetita con su número—. Yo agradecí que los Galvache fuesen católicos, porque me dolía la cabeza sólo de pensar que tenía que oficiar la boda. Un año llevaba como alcalde. No tuvo ni pies ni cabeza. No tenía ni pies ni cabeza la relación, no podía tenerlos la boda, ni iba a tenerlos lo que pasó después. ¿Algo puede funcionar sin pies ni cabeza?

—Nada. Mire las babosas, lo único que se puede hacer con ellas es aplastarlas —dijo Soneira.

—Bueno —al alcalde le pareció un poco desproporcionada la comparación.

—Lo que pasa —siguió Soneira— es que una boda es el resultado de que todo funcione. Y de repente todo funciona tan bien que te casas.

—¡En teoría!

—Hay excepciones, pero antes de aparcar aquí he pasado con el coche por la carretera de Punta Faxilda y ahí, la verdad, nadie se casa obligado. Le diría que en un sitio así nadie puede casarse sin amor, pero eso es una chorrada.

—¿El amor, el amor le parece una chorrada? —el alcalde parecía súbitamente alterado, como si hubiese que agarrarlo entre varios. Soneira le aclaró que se refería a la cursilería que ella misma acababa de decir, no al amor. «El amor no es ninguna chorrada, puede estar tranquilo».

Francisco Girón y Girón era del partido conservador y tenía buena fama entre los vecinos, algo inusual en esos pueblos porque la mayoría solía votar para joder a alguien. Era un hombre dinámico que entendía gobernar como un ejercicio físico, por eso acudía a todos los actos sociales, especialmente a los entierros; su secretario apuntaba en la agenda los fallecimientos de los vecinos y sus correspondientes velatorios, pues Girón y Girón era animal político más de velatorio que de iglesia. «De cuerpo presente la gente está más animada; cuando tienes delante a alguien, aunque esté muerto, siempre piensas que puede romper a pestañear en cualquier momento», me contó una vez. «Pestañeamos doce mil veces al día», dijo sin añadir nada más, supongo que invitándome a comprobarlo.

Girón era alto, mustio y tenía un punto cáustico y amargo. Llevaba tanto tiempo siendo alcalde que podía adivinar su número de concejales dependiendo de cuánta gente hubiese muerto en esa legislatura. Una vez la portavoz de la oposición bromeó con empezar a estudiar medicina paliativa; Girón, con retranca churchilliana, la animó muy sinceramente.

Era hijo del anterior alcalde, Máximo Girón y Girón, un conservador que también le debía su éxito a una mano impecable en los velatorios, donde daba los pésames mejor que Dios: los dos ofrecían la misma sensación reconfortante, pero Girón al menos no se llevaba a nadie con él. «Los Girones llevan siendo alcaldes de Xaxebe desde que murió el primer habitante» era una frase típica del pueblo. Pero nunca se había enfrentado la estirpe a un suceso tan traumático como la desaparición de Yulia Lavinia. Ahora que lo pienso, sin cuerpo ni funeral ni nada.

—Algunos le hablarán mal de Mai —dijo—. Cuando vienes de fuera siempre te tienes que estar examinando de ese tema tan estúpido de por qué no eres de aquí. No conocíamos a sus padres, ni de dónde venía, esas cosas molestan. No a mí, que soy hombre de mundo y una vez fui a Betanzos —sonrió despacísimo—, pero a las familias eso les molesta. En los pueblos las familias son un aval, sabes a quién dirigirte cuando hay un problema con alguien o a quién cobrárselo.

—¿Mai no tenía padres?

—¡Se contaban tantas cosas! —Girón se encogió de hombros—. Tener tenía, yo creo que de eso no puede haber duda, ¿verdad? Pero quiénes eran y dónde estaban ya no lo sé.

—Mañana empiezo a hacer las entrevistas, he concertado varias por teléfono en las últimas semanas, pero no la suya —dijo Soneira—. ¿Yo le puedo llamar a usted y concertarla directamente?

El alcalde Girón dijo que «por supuesto» como si no tuviese que hacer otra cosa en la vida y acto seguido se dirigió a la puerta. Nos despedimos de él en la plaza del ayuntamiento, donde el agente hacía guardia delante del coche de Soneira para multarla. «Usted no multa a nadie», dijo el alcalde pasando por delante como un vendaval. Berta Soneira se echó la capucha del abrigo sobre la cabeza. Hacía frío y había bajado esa niebla que convierte por unas horas un pueblo en un presagio.

Nos alejamos caminando por las calles viejas de la zona antigua, calles de marineros, hasta llegar a un pequeño bar llamado Ranchito. Soneira se giró para ver si estaba detrás de ella, y elevó la voz, demasiado para mi gusto.

—¡Tienes cara de extraterrestre! —me dijo.

—¿Por?

—La mandíbula y la frente, como muy pegadas, tipo E.T. Pero eres guapo, eh. A tu manera, como los guapos de verdad.

Intenté verme en el reflejo de algo que hubiese en el bar, desconcertado. Creo que me miro dos veces al mes en el espejo, así que podía habérseme escapado un movimiento tectónico de la frente en los últimos meses.

—Dos cervezas —dijo Berta Soneira sin preguntarme, luego me guiñó el ojo—. Es una bebida típica del planeta Tierra, verás cómo te gusta.

Yo no venía a Xaxebe desde hacía meses. El pueblo me había dejado de interesar cuando murió mi madre, y allí no me quedaban padres ni abuelos que visitar. No conservaba amigos, no al menos de esos por los que merece la pena desplazarse, y había construido una vida aburrida, discreta y lenta en Pontevedra, donde hacía lo que mejor sabía, periodismo local. La llamada para ayudar a Berta Soneira me había sorprendido a medias: Soneira venía a hacer un documental sobre la desaparición de Yulia, yo había sido íntimo amigo de su madre, Mai, y ahora era periodista. Podría servirle de ayuda, si bien no tenía claro cómo hasta que ella pronunció, con la boca desganada, la palabra *fixer*.

Pidió otra cerveza y explicó, «aunque supongo que ya lo sabes», qué significaba *fixer*: alguien que conozca el terreno y se lo prepare al periodista de fuera, que dé información sobre los entrevistados, que facilite las cosas. También estaría bien, dijo, que tomase notas. «Hay gente que piensa que escribir sólo es eso, escribir, pero escribir es retener; teclear es una cosa de gilipollas, pero en fin, en todos los oficios nobles, como ocurre con este, el dinero te lo da hacer la labor más estúpida», dijo.

No se quitaba el abrigo, pese a que en el bar había estufa, porque decía tener frío. «Duermo siempre con una chaqueta de lana esté como esté la habitación, y esté quien esté a mi lado». Pasamos juntos ocho horas, hasta que nos echaron del bar, si mal no recuerdo. Ella vestía de forma desgarbada y se comportaba de una manera peculiar: alternaba momentos de extraordinaria verborrea, con una vocalización pésima —decía hacerlo para que su interlocutor prestase la máxima atención—, con momentos, que podían ser de una hora tranquilamente, en los que no levantaba la cabeza del teléfono móvil, linkando enloquecida artículos sin interés o de interés dudoso, sin comentarlos. Se había quitado WhatsApp y sólo tenía una cuenta sin utilizar en Facebook.

—Sólo tengo Facebook para ver cómo envejecen mis compañeros del colegio. Nada más. Si por mí fuera deberíamos volver a comunicarnos tirándonos piedras a la cabeza. Una para que vengas, dos porque ya no hace falta —dijo.

No preguntó por drogas, a pesar de que sobre ella circulaban leyendas de todo tipo, y las únicas confesiones personales que concedió eran tan exageradas que sólo podían ser verdad.

Yo llevaba meses, quizá años, sin beber; a ella se la veía acostumbrada, aunque lo negó: «Bebo de esta manera sólo cuando tengo que conocer a alguien, es la mejor forma de caerse bien al principio». Reímos mucho y comimos kikos mientras llovía afuera. Se le rompieron dos botellines y se cayó en una ocasión de la butaca por tratar de enseñarme unos calcetines de Chicho Terremoto que había comprado de camino en Puebla de Sanabria. La miré mucho. Tenía, además de una diversión cósmica, algo que atrapaba, una fragilidad, un desconcierto, un miedo terrible a las cosas. Yo no sabía exactamente lo que era hasta qué ella mismo lo dijo. Le daban pena los grandullones humillados, los listos que siempre avasallaban y a los que de repente se les callaba la boca, los chulos a los que se les daba una patada en el culo, los guapos cansados de ligar que se quedaban sin la chica que más les gusta porque se la levanta un feo.

—Es una tristeza rarísima —dijo—, porque en realidad debería alegrarme. Tiene que ver con la psicología, está claro. ¡Y con los prejuicios! Este ejemplo no es un buen ejemplo, pero es el que me acaba de venir a la cabeza. ¿Te acuerdas de *Barton Fink*? La película de los Coen. John Turturro llama a recepción porque su vecino de habitación está montando escándalo. Ese huésped, tras recibir la llamada, sale de su cuarto, va a la habitación de Turturro, y cuando Turturro abre muerto de miedo, se encuentra a John Goodman, alto y gordo, preguntándole si es él quien se ha quejado. Y cuando parece que le va a meter una paliza, el grandullón Goodman le pide perdón. Amo a esas personas. Las que al final no son injustas.

En cierto modo yo sabía que Berta Soneira, aquella chica medio distraída y miope, tan divertida como furiosa, era protagonista de su propia teoría; una chica que lo tiene todo menos lo más importante, y sobre esa vulnerabilidad se construía a sí misma no desde la soberbia, que podría, sino desde la ternura.

La dejé en su hotel tras un paseo bajo mi paraguas. Me preguntó si en el pueblo se recordaba mucho a Mai y Yulia Lavinia. Le dije que sí, aunque no estaba seguro. Pero cuando un caso así no tiene ninguna pista y ningún culpable, y la atención pública se cierra tan rápido, se queda viviendo dentro de las personas como una tenia, devorándolo todo.

Soneira se despidió con un beso en la comisura de mi boca, poniéndose de puntillas, y entró en el hotel tratando de mantenerse recta primero, luego solamente erguida, daba igual cómo. Me quedé en la puerta hasta que cogió el ascensor, y allí en el reflejo me vi por fin. Como siempre, con un poco menos de pelo y demasiado viejo ya, sobre todo en aquel pueblo donde siempre, desde que nacimos hasta que nos fuimos, tuvimos diecinueve años.

De la gente sin pasado siempre se sospecha que ese pasado sea malo y condicione el presente. Si en 1993 nada se sabía de Mai Lavinia hasta que apareció en el pueblo, y ella no ayudó a esclarecer de dónde venía y mentía de forma divertida cada vez que se le preguntaba, quería decir que ocultaba algo monstruoso. Se inscribía por defecto a Mai en una moral consensuada según la cual quien oculta es culpable, o lo es otro a quien encubre. Ese profundo desconocimiento de Mai y de la moral en general, y de una moral en concreto, fue lo que me animó a aceptar el trabajo con Berta Soneira sin saber que ella, a su manera, estaba haciendo lo mismo.

La aproximación de Soneira al caso no fue una aproximación emocional sino intelectual, tanto que resultaba gélida por momentos, esa clase de gelidez que tiende a parecer desconsideración pero no es más que una sofisticada forma de respeto. No llenó a Mai Lavinia de adjetivos y de sentimientos, sino que trató de describirla desde la distancia; tampoco se metió a cuchillo en la boda como en anteriores experiencias amarillistas, dando pie a todas las versiones para que el espectador decidiese cuál era la suya como si estuviese en un concurso, esa forma ligera y perezosa del periodismo moderno. Lo que hizo fue reconstruir la ceremonia y la fiesta minuto a minuto hasta donde pudo, desmintiendo las falsedades hasta donde pudo y separándolas de los hechos ciertos, y al hacer bien su trabajo consiguió acercarse a la desaparición de Yulia Lavinia hasta donde pudo, que fue más de hasta donde pudieron los investigadores. También contó la verdad, pero no hasta donde pudo, porque en los últimos días del rodaje comprendió algo tristísimo, y es que hasta algo tan sagrado como la verdad puede serlo o no dependiendo de lo que se haga con ella, y la decisión de contarla o callarla puede convertirla en algo diferente y por tanto susceptible de ser manipulada, tergiversada y algo aún más insólito: transformarla en mentira. De tal forma que una verdad a las doce de la mañana puede ser una mentira a las ocho de la tarde si, primero, se silencia, y, segundo, cambia el mundo en el que fue pronunciada.

Mai Lavinia, por ejemplo, se quedó su verdad para ella sola como si de esa manera pudiera sustituir a la hija que perdió; algo que criar, alimentar y ver crecer. Enloqueció, claro. Se recluyó en Punta Faxilda con una familia que no era la de ella llorando a una niña que no era la de ellos. Fui a visitarla varias veces y dejé de hacerlo porque me di cuenta de que me estaba convirtiendo en el único público de una decadencia mental hipnótica, un espectáculo degradante en el que, a base de romperse en pedazos más y más pequeños, podía ver con mayor claridad la dimensión del puzle, lo extremadamente difícil que había sido para ella reunir todas esas piezas desde que era niña hasta conseguir algo parecido a una persona. Sensible como un plano de agua sobre el que no se podía ni respirar, divertida y fuerte como nadie para mantener pegados los añicos sobre los que se sostenía. Fue, de hecho, sospechosa por ser fuerte antes de la boda, cuando debería haber estado «cagada», y, tras la desaparición de su hija, abandonada debido a esa misma fortaleza, convirtiendo una virtud en pecado.

Un año y tres meses después de la desaparición de Yulia, una mañana de septiembre de 1995, Mai se despertó cantando «Lola», de The Kinks: «*Well, I'm not the world's most physical guy / But when she squeezed me tight she nearly broke my spine»;* la oyó Lola, la chica de servicio de Punta Faxilda, que no entendía nada de la letra salvo el estribillo y le sonrió: «Hoy te levantaste de buen humor». Contó, según pasaba por delante de la puerta de su habitación, que Mai se puso un vestido estampado que dejaba ver sus piernas hinchadas tras tiempo sin moverlas, y que al observarlas se puso por debajo el vaquero favorito de Santi; se duchó durante una hora sin dejar de cantar «*I met her in a club down in old Soho / Where you drink champagne and it tastes just like Coca Cola*» y luego se arregló con furia, de manera exagerada, «como se pintan las locas», dijo Lola en el documental. Hizo su propia cama («dejó una esquina doblada, con la sábana vuelta, como le dejaba siempre la cama a la niña para que se metiese por allí») y se perfumó el cuello, las muñecas y el pecho. Hacía calor en la Costa da Morte. No dijo una palabra a nadie, a pesar de que se cruzó con su marido por el pasillo («voy a pasar el día de pesca», le dijo él dándole un beso en el cuello, «qué bien hueles»), pero nadie le dio importancia porque todos se habían acostumbrado a silencios que no tenían que ver con la educación sino con la patología. Pepe Galvache, su suegro, contó que la vio en el cuarto de Yulia repasando dibujos («pintarrajos de cría»), y que los dobló con cuidado hasta hacer cuadraditos minúsculos y metérselos en los bolsillos. «Desde la boda fue como vivir con un fantasma que sólo sabía dormir y comer, pobre rapaza», contó. No dejaba de cantar The Kinks, su grupo favorito, así que el viejo Galvache le dijo: «No paras de cantar hoy, eh» y ella se giró y le dijo: «Canto, como hace el niño cerca del cementerio, porque tengo miedo». «Fue la primera frase que me dirigió en semanas», dijo Galvache. «Ni sonreía ni sufría», añadió, así que supongo que su cara era de un inmaculado estupor, como la última vez que la vi. La mirada a la deriva de quien se ha cansado de esforzarse en no estar loca tras años de lucha armada. Yo se lo notaba, sus amigos se lo notábamos, su marido se lo notaba, pocos más percibían el bellísimo esfuerzo que hacía para no estar loca, el ejercicio tortuoso que se aplicaba a sí misma para estar bien. A veces se le escapaba la cuerda pero saltaba al momento y agarraba el globo, y cada vez que se le escapaba el globo, el globo volaba más alto y ella saltaba más y más, y volvía a recogerlo y a caminar con nosotros sobre el mismo suelo, hasta que un día saltó tarde, supongo que porque el cuerpo no le dio para más, y la cuerda se escapó para siempre y el globo empezó a alejarse y lo perdió de vista, primero ella y luego todo el mundo, así que se encerró en sí misma y echó la llave a los tiburones. La vieron bajar a la playa ese día, una mañana de septiembre en la que aún no había casi nadie y en la que el agua estaba tan en calma que parecía un jardín azul repleto de reflejos de sol; el que se quedó observándola fue, desde el paseo, el periodista Adolfo *Mago* Sampedro, a quien le sorprendió el pelo de ella, alisado y perfecto, los kilos de más («tampoco muchos para el tiempo que pasó encerrada») y la cara maquillada como si hubiese querido estar guapa de una forma demasiado agresiva. Desde su posición la vio meterse en el agua hasta que le llegó a la barbilla, y luego empezó a nadar, como hacía antes. No se produjo ni un temblor de agua mientras caminaba mar adentro, ni una onda a su alrededor, y sólo cuando se lanzó a bracear se formó un circulito simpático de espuma, aquel circulito tan suyo que parecía de aleta de pez; no nadó de una esquina a otra de la playa, como nadaba antes, sino alejándose de la costa, y lo último que vio Sampedro entre los destellos de sol fue uno más, un puntito blanco y lejano que terminó perdiéndose en el horizonte de un mar pacífico que apenas sintió la presencia de Mai y la acompañó hasta donde no pudo acompañarla nadie, ni siquiera con la mirada. Cuando tenía seis años, me dijo una vez, ahorró siete pesetas y se fue corriendo a la tienda, donde le dieron a elegir entre comprar un lápiz o una goma de borrar. Compró la goma.

3. Galvache

Al salir de Punta Faxilda, Berta Soneira me dijo que «canto, como hace el niño cerca del cementerio, porque tengo miedo» no era una frase original de Mai Lavinia sino de Emily Dickinson. Pepe Galvache nos dijo que había tenido un escalofrío al oír la frase («no dice nada en cuatro meses y de repente suelta no sé qué de un niño y un cementerio»). En realidad, dijo Soneira, no era un verso de un poema sino de una carta que Dickinson envió a Thomas Wentworth Higginson en 1862. Higginson había escrito un artículo en el periódico *Atlantic Monthly* titulado «Epístola a un joven colaborador» y Dickinson, tras leerlo, le envió una carta adjuntando varios poemas. En esa carta empezaba diciéndole: «¿Estaría usted tan ocupado como para decirme si el mío es un verso vivo?». Higginson le respondió y ambos iniciaron una correspondencia. Ya en la segunda carta, Emily Dickinson le escribió: «Tuve un terror — desde septiembre — que no podría contar a nadie — y por eso canto, como hace el niño cerca del cementerio — porque tengo miedo».

Berta Soneira, cuando abandonaba por un momento la pose de niña terrible, explicaba las cosas de forma didáctica y brillante. Ese día, al salir de la entrevista al viejo Galvache, también empecé a saber que le gustaban pocas cosas pero se obsesionaba con ellas hasta que se dejaba devorar, y aquella pasión se convertía en enfermedad. Escuchaba una canción un millón de veces, leía un libro un millón de veces, veía una película un millón de veces, conocía a una persona un millón de veces. Podía darse lujos como no saber cosas que avergonzarían a un escolar, pero sabía todo sobre algo muy pequeño y valioso que conseguía extrapolar a cualquier ámbito. No eran canciones, libros o películas cualesquiera, ni tampoco una persona cualquiera. Al haberse adentrado de forma complejísima y detallada en el crimen de Martin Albert Verfondern, el holandés que se fue a vivir a una aldea gallega para acabar siendo asesinado por sus vecinos, pudo haber aprendido más de la naturaleza humana que ningún otro contemporáneo suyo. Elegir después a Yulia Lavinia tenía todo el sentido, no sólo por la oportunidad de un caso maltratado por la prensa que se había olvidado casi de golpe, sino porque había ocurrido en un pueblo y un pueblo, dijo ella, «tiene la capacidad de crear una atmósfera en la que nadie, sólo quien vive dentro, puede respirar».

El día después de llegar, presentarse al alcalde y beber conmigo el resto de la tarde, Soneira me citó en el bar Ranchito con otro chico, un técnico de cámara y sonido al que llamaba Samu. Ella llegó impertinente, feliz y con la lectura de periódicos hecha. Recién duchada y con el pelo casi sin secar, los rizos le mojaban los hombros de un jersey de nudos. Tenía a su lado un libro voluminoso, *Costa da Morte: un país de sueños y naufragios*, de Rafael Lema. Dijo que lo había empezado la semana anterior «por curiosidad» y ya tenía un naufragio favorito: el de una nave de cabotaje que en 1945 se desamarró en medio del temporal, vagó a merced de las olas y el viento por las aguas hasta que un bajo de arena la frenó, y al llegar allí la gente alarmada se encontró a un solo tripulante, el gato capitán. «Ojalá fuese un gato herrumbroso», dijo. «¿Lo conocéis?». Contó la historia del gato herrumbroso, la especie de felino más pequeño del mundo, que sólo existe en Sri Lanka, de forma divertidísima y sin sonreír una sola vez, y luego echó mano de un café ardiendo, que bebió de un trago, y dijo «en marcha».

Punta Faxilda, la finca de los Galvache, era una de esas casas en las que crecen enredaderas por la fachada, con una gran azotea soleada y un porche en el que se reunía la familia los veranos al atardecer como si estuviesen en una película. Detrás, el jardín se extendía hasta un bosque de carballos llamado Bosque de los Recuerdos por el que a veces se asomaban los zorros. Todo en aquella casa giraba en torno a Pepe Galvache, un hombre de baja estatura y cuerpo fuerte, ojos oscurísimos y cejas que parecían implantadas con pelo de erizo. Pepe se casó pronto con María de la Luz Castaña, conocida en el pueblo como La Castañuelas, y tuvieron tres hijos: Santiago, Rita y Delfín. La Castañuelas murió al poco de nacer el último, Delfín, en un accidente de tráfico; el coche lo conducía ella, mujer independiente, solitaria, bebedora y jugadora de cartas, pero tanto dio porque la culpa fue del que conducía en dirección contraria, que perdió el control e invadió el carril de La Castañuelas. Ahí, en aquel multitudinario entierro, se empezó a cimentar la tercera mayoría del alcalde Girón. «Podía conducir Dios santo», resumió Galvache incómodo cuando Soneira, con un punto malévolo, insistió en preguntarle por el accidente. «Pero hay que joderse con ir peneque perdida conduciendo un coche a las cinco de la tarde y que la culpa sea del otro; hace falta estar borracha para que no tengas ni tú la culpa». Reconoció no acordarse mucho de su mujer, pero tampoco de sus hijos cuando eran pequeños. «No le pongo cara a nadie, a veces es como si hubiese llegado ayer a esta casa», dijo. «Si me decís que la Mai se murió hace veinticinco, yo ni recuerdo cuándo se murió la Luz, pero ponle cuarenta o cincuenta años». Se paró, como si de pronto fuese consciente del paso del tiempo, y dijo: «Ya casi es como si la pobre no hubiese vivido».

Cuando eran jóvenes, Rita y Delfín pasaban en el pueblo tres semanas en agosto, pero Santiago y su padre se quedaban en Xaxebe prácticamente tres meses, y con el tiempo se convirtieron en veraneantes antiguos de tradiciones intactas. Bajaban temprano a la playa, tomaban nécoras con vino ribeiro antes de la comida, dormían siesta, bajaban al pueblo a las nueve de la noche y echaban allí las horas cada uno con sus amigos o sus cosas, porque eso sí, todo lo hacían por separado, cada uno con su círculo. Se llevaban bien sin estridencias ni muestras de afecto, aunque se querían. Era una familia coruñesa de orden y dinero. Aquí, en el norte, si un hijo le da un beso a un padre es porque tiene pensado matarlo.

Pepe Galvache nos recibió un poco asombrado porque no entendía, dijo, que importasen tanto «las cosas de atrás». La madre de sus hijos había muerto y él se había vuelto a casar, y se divorció; su hijo mayor, Santiago, se quedó viudo a los diecinueve años y se volvió a casar, y tiene dos hijos; los otros dos hijos de

Galvache no están «ni en Galicia». Lo decía todo con la incomprensión de un hombre que estuviese en otro mundo, en esa postura forzada de los viejos por la que hay que disculparlos o, incluso, disculparnos los demás.

Samu colocó el foco, ajustó el objetivo y sentó a Pepe Galvache frente a unos ventanales que daban al jardín. Punta Faxilda era una casa abierta, espaciosa, con unas vistas tremendas, pero no una mansión. Lo más feliz resultaba ser el césped, que trepaba por una ladera desde el patio trasero hasta llegar a los árboles, y el mar al otro lado, un trozo de océano a quinientos metros de la verja. La casa tenía dos plantas y era antigua, construida como las demás del pueblo, con piedra, pizarra y madera. Pepe Galvache no era un magnate, ni un gran empresario, pero le había ido bien y, en cuanto le fue bien, se estabilizó ahí. No quiso más, no soñaba con más, no necesitaba más.

—Yo tenía una empresa de suministros y muchos amigos. Me contrataron en muchas obras, hice dinero —dijo—. Cuando tuve suficiente relajé el pie. Parecerá raro, pero yo soy así. Iba embalado, eh. Pude haber cogido yo directamente algunas obras. Pude prestarme al chanchulleo con los políticos. ¿Pero para qué? No es rico el que sabe ganar dinero, el rico es el que sabe parar de ganarlo; el que no sabe es un delincuente. Así lo digo. Tarde o temprano, un delincuente. ¿Ha ganado indecencias dentro de la ley? Pues ése es el peor delincuente de todos.

Ésta fue sólo una de sus impresiones de aquel día. A Pepe Galvache no lo habían grabado nunca y Samu tenía que pedirle que no se tocase la cara todo el rato (llegó a hablar con la mano sobre la boca, apoyada en el bigote, como si alguien le fuese a leer los labios) o que no mirase para todas partes. Pepe Galvache era un personaje a tener en cuenta. Hubo un momento en que nos dijo que en los años ochenta no podía ser de izquierdas porque no tenía dinero, ya que «ser de izquierdas es una clase social muy agradecida; un simpa, como quien dice», pero cuando Berta Soneira, sentada impasible en una silla al lado de la cámara, le dijo que ahora ya «era libre» para serlo, Galvache lo rechazó con un aspaviento: «Ya no merece la pena». «En general», le respondió Soneira, «todos los que dicen no poder ser de izquierdas porque no tienen dinero tampoco pueden serlo porque lo tienen». Galvache le alabó el ingenio y pasó a otra cosa. Relajó el pie, como le gustaba decir. En realidad, la política le importaba bien poco. Su mayor orgullo era no haberse convertido en un cacique cuando lo tenía todo a favor, y no era poco mérito.

—Usted fue el padrino de boda de Mai Lavinia.

—Sí, la llevé yo del brazo. No me pregunte mucho más, sólo sé que olía muy bien. La gente que huele bien no se olvida nunca. Eso se te queda dentro. No el olor, sino esa sensación agradable, ¿verdad?

—¿Habló antes con sus padres?

—Yo no los conocía y ella no hablaba de eso. No hablar de tus padres es algo muy respetable, muy íntimo. Tampoco se preguntó.

Hubo un momento extraño durante la entrevista en el que Pepe Galvache, un hombre de vuelta de todo, se puso nervioso. Fue cuando Berta Soneira le preguntó por la relación que tenía Mai con Yulia.

La pregunta está grabada y fue ésta, literal: «¿Cómo era la relación que tenía con su hija?».

Galvache apretó los labios y se retorció en el sofá.

—¿Yo?

—No, su madre.

—A esto yo no le veo el sentido, se lo digo de corazón. Ninguno, además.

La expresión curiosa de Berta Soneira, sus brazos rollizos en calma sobre las piernas.

—¿Por qué?

—Ni yo ni nadie le va a responder cómo se llevaban. Una chica que no tenía vicios, una santa. Una relación así no es mala ni buena, es la que tiene que ser.

Pepe Galvache volvió a apretar los labios, que los tenía carnosos («boca de corricho», la llamaba Mai). Hubo un silencio. Berta Soneira empezó a hablar de manera más cálida con él. La pesca, las partidas de cartas, el fútbol, los nietos, cosas que siempre ponen de buen humor a la gente mayor. Poco a poco la conversación empezó a retroceder años de forma natural porque Galvache no tenía mala memoria, tenía tendencia a olvidar las tragedias.

Contó que a Mai Lavinia la conoció de espaldas un día de sol en la playa de Barrosa. De eso no se podía olvidar, dijo, porque fue la primera vez en que vio a uno de sus hijos con una chica. «Después de la muerte de su madre lo último que se me había ocurrido era que los chicos crecerían», dijo. Santiago Galvache tenía entonces dieciocho años, jugaba al balonmano en invierno y pasaba los veranos tratando de besar a alguien, como todos a su edad. Sacaba buenas notas, no era especialmente agraciado pero tenía una habilidad principesca, que era la de elegir bien a la gente de su alrededor. «Yo no les pedí a mis hijos que sacasen buenas notas, ni que no fumasen, ni que hostias; yo les pedí que tuviesen buenos amigos. Porque al final tus hijos no van a ser lo que quieres tú que sean, sino lo que quieren sus amigos. Un chaval a los trece años no quiere impresionar a su padre, quiere impresionar a su clase, y cuidado con eso», dijo. «Todos los amigos de Rita y Delfín, por ejemplo, eran cocainómanos. Eso era un clamor en el pueblo. Y yo pensaba: "Joder, qué suerte tengo que todos los amigos andan en la cocaína menos ellos dos"», se echó a reír. «Puedes ser el tipo más listo y avispado en los negocios, pero cuando cruzas la puerta de casa eres tonto sin remedio».

—No pongas nada de esto —pidió—, que no los quiero aguantar. O sí, sí, pon lo que quieras, que la mujer de Delfín nunca le supo nada.

—¿Tengo su permiso? No me gustaría grabar pensando en lo que puede salir y lo que no.

—*Dalle*, así este verano hay un poco de movida. Hay un poco de rock and roll.

Santiago, dijo, no era de grandes fiestas. Era «más parado». Estudiaba, salía con sus amigos de balonmano, le gustaban los deportes y el cine, bebía el viernes o el sábado, nunca los dos días y casi nunca hasta emborracharse. Les sacaba siete y ocho años a sus hermanos, «una monstruosidad», pero es que su mujer, María de la Luz, no se acordó de que podía tener más hijos hasta el sexto cumpleaños de Santiago. «Yo pienso de verdad que no lo sabía», dijo Pepe Galvache. «Hasta te puedo confesar, y esto no se lo dije a nadie nunca, que en la fiesta de cumpleaños y entre tanto niño, vi cómo le preguntaba a uno quién era su madre, y cuando el niño se lo dijo, ella le respondió: "Ésa no puede ser, que ya es la madre de este otro". Iba como las maracas, pero nunca se le notaba y eso es aún peor. El caso es que cuando se enteró de que dos eran hermanos, puso una cara en plan: "¡Ah!, entonces es verdad", como si le enseñasen un gnomo. Era divertida de la hostia».

Lo primero que vio aquella tarde Pepe Galvache en la playa de Barrosa fue la espalda de una chica que se acercaba a su hijo y lo besaba en el cuello. Se quedó, dijo, alucinado. Literalmente: «¡Aluciné, muchacho!». Martín Novás nos dijo al día siguiente, durante su entrevista, que también recordaba ese momento porque la pandilla de amigos esperaba el día en que Pepe se enterase de la relación. «Pepe Galvache es un hombre con un carácter terrible que se fue amansando poco a poco pero que en aquella época era insoportable», dijo Novás. Novás era uno de los mejores amigos de Santiago Galvache y fue uno de los mejores amigos de Mai. El padre de los Galvache era un hombre duro que «se pasaba de la raya» en algunas ocasiones pero a quien se le perdonaban los excesos por ser viudo y educar solo, con la ayuda de Lola, a tres hijos, dos de ellos bebés. «Los educó Lola», matizó Novás, con «ayudas esporádicas» del padre. Santiago, que conoció a su madre y siempre se sintió en deuda con ella («una deuda rarísima y poética»), nunca dio problemas; los otros dos, Rita y Delfín, hicieron de la casa un infierno. Novás contó: «Él les zurraba, y no se puede zurrar a un crío, pero no eran las palizas ni las historias que los otros iban contando por ahí puestos de fariña. Fueron un par de hostias y ellos eran adolescentes, a la chavala le pegaba menos, casi ni la pegaba. La chavala era para verla, una sociópata de primera. Lo mejor que pudo hacer fue casarse con un empresario de campos de golf y marcharse a vivir a Jerez, a ver si allí la mata un caballo».

—El desprecio de mi hijo Santiago por sus dos hermanos, mis otros dos hijos, es absoluto —dijo, por su parte, Pepe Galvache—. Yo le envidio profundamente, porque no puedo hacer eso. Soy su padre, estaría mal, qué imagen se tendría de mí. Pero no les encontré yo nunca la puta gracia a esos dos, nunca.

Fue un día de muchísimo calor, volvió a recordar, cuando una chica con la espalda llena de pecas se acercó a su hijo y le puso brevemente los labios sobre el cuello, y Pepe Galvache sintió crecer veinte años. «Ni los infartos, ni las canas, ni la barriga, ni estas arrugas que tengo del mar y el sol», dijo, «lo que te hace envejecer de verdad es que tu primer hijo se ponga a follar de un día para otro». Llegó a resoplar dando el siguiente paso por la arena, como si los años le hubiesen caído de repente. Ya todos se habían dado cuenta de que estaba en la playa. Se colocó junto a uno de los matrimonios coruñeses que estaban en Xaxebe de veraneo, bajo una sombrilla tan corta que parecía encima de su cabeza un sombrero enorme y ridículo lleno de flores, y se echó sobre una silla de playa mirando al mar de tal manera que, desde la posición del grupo de chicos, «sólo se veía una panza redonda y perfecta, como la de una embarazada», dijo su hijo cuando hablamos con él.

Pero Pepe los podía ver con el rabillo del ojo, que era lo que él pretendía. Jugaban a algo en corro y, como Pepe no alcanzaba a oír, se dedicó a observarlos como si aquello fuese una película muda. Así empezó a notar los gestos que tenía ella con él, una forma diferente de dirigirse a los demás cuando hablaba o cuando miraba. «Yo conocí a Mai Lavinia a cien metros de distancia, que es el mínimo que marca la ley», dijo. Desde ahí pudo comprobar que su hijo no le quitaba el ojo de encima a ella, que hacía los mismos ademanes vergonzosos que hacía en casa cuando se hablaba de algo que no le gustaba o no quería responder a una pregunta, que ponía la mano de visera mirando para otra parte pero sin mirar a nadie, sólo para hacerse el interesante o cambiar de tema, que se rascaba debajo de las rodillas, y lo supuso con un brillo salvaje y extraño en sus ojos cuando se alteraba, como le ocurría a él. También observó cosas que no había visto nunca, como la manera que tenía él de acariciarle el brazo a ella (nunca había visto a su hijo acariciar; su madre estaba muerta, y si llegaba a casa y se ponía a acariciarle a él «probablemente se hubiera ganado un bofetón»). Miraba y miraba, desconcertado. Cuando iban a bañarse al mar su hijo caminaba de forma diferente, más erguido, de una manera un tanto ridícula y gallarda, «nervioso, porque caminar queriendo dar la impresión de que caminas bien es una cosa muy ridícula», y al volver del agua no se tiraba en la toalla como siempre sino que agitaba la cabeza para secarla, pero en realidad presumía de pelo, y hacía un poco de fuerza al estirarse para que se le marcasen los abdominales, y se recogía el bañador hasta las ingles para que se pusiesen sus piernas atléticas, de jugador de balon-mano, bien morenas. Y sonreía, no se reía sino que sonreía, porque tenía unos hoyuelos muy graciosos y complejo de dientes grandes, así que sonreía todo el rato por cualquier cosa. «No era mi hijo, o el hijo que yo conocía, era mi hijo enamorado, que es diferente. Daba vértigo porque fue como verlo asomar-se de repente a la vida de verdad, la que se pone a trescientos por hora y te destruye si no la manejas».

En su entrevista, una semana después, Santiago Galvache nos dijo que no fue consciente de nada de eso, aunque sí sabía que su padre podía estar mirán-dolos y le dio igual que pensase que estaba «haciendo el ridículo». Él los primeros días con Mai, dijo, esta-ba «desbordado».

—Si Mai me dijese que tenía que matar a al-guien para no perderla, mataría a quien fuese. Eso es el amor de verdad, el puro, casi siempre el primero. Lo pienso y me dan ganas de vomitar.

—Qué exagerado, ¿no? —respondió Soneira.

—Ahora que lo dices, puede ser. Estaba muy enamorado, muchísimo. Pero puede ser que el re-cuerdo me haga estar más enamorado de lo que es-tuve, eso nos pasa a todos.

—Sí, antes todo era mejor y todo era más.

—Pero lo primero —rebatió Santi Galvache, defendiéndose a sí mismo y su estado de estupor enamorado con Mai—, sigue siendo lo primero, ¿no? ¿O eso ha cambiado?

—El prestigio del primero no ha cambiado. Pero fuera de cámara estaría bien que me explicases por qué no tienen el mismo prestigio el segundo, o el último —dijo Berta Soneira.

—Por el descubrimiento, es obvio —dijo Santi.

—Yo creo que en América se lo pasa mejor Charlie Sheen, por decir alguien, que Cristóbal Colón —dijo Soneira.

—Pero cuando Charlie Sheen estira el dedo señala a una puta, no un continente nuevo.

—¿Nuevo para quién? —preguntó Soneira.

—Ya no sé si estás hablando de América o de Mai.

—Yo siempre hablo de América —dijo Soneira, pestañeando mucho. Santi se echó a reír: «¿Esto va a salir en el documental?». «Ojalá», dijo Soneira.

—En realidad, tu padre no creyó que estuvieras haciendo el ridículo. Nos dijo que nunca te había visto así —siguió—. De hecho, dijo sin decirlo algo muy bonito: que de repente fuiste consciente de que había cosas que no sabías usar y que valían para algo, como tu cuerpo, tu pelo o tu sonrisa. Como poner a funcionar una capa.

—No lo recuerdo. Nunca había estado enamorado, así que supongo que ese año hice mucho el ridículo.

—¿Cuándo conociste a Mai?

—El 3 de junio de 1993. Nos casamos en nuestro primer aniversario.

—¿Por qué tan jóvenes?

—¿Por qué después? Qué más daba.

Esa tarde en que vio por primera vez a Mai Lavinia, el padre de Santiago Galvache se acercó al grupo antes de subir a casa y se presentó, algo completamente fuera de lugar, según dijo. «Pero ya quedaba poca gente, estaban Santi, ella y el hijo de Novás, y por supuesto no fui a presentarme sino a preguntarle si tenía las llaves de casa».

Costa da Morte es el último lugar de Europa en el que se pone el sol, el último sitio del continente en el que hay luz. Ocurre en cabo Touriñán y sólo dos meses, entre el 14 de marzo y el 24 de abril y entre el 18 de agosto y el 19 de septiembre, y se debe al cambio del eje de rotación de la Tierra respecto al sol. Aquí se plantaron los romanos bajo el mando de Décimo Junio Bruto, tras recorrer toda la costa del océano; vieron desde el monte del cabo Finisterre, horrorizados, cómo el sol se caía al mar poco a poco hasta ser tragado por él, y dedujeron que no había más mundo que el lugar en el que estaban; que más allá, donde el sol había desaparecido, se precipitarían desde el mar al abismo.

Dijo Pepe Galvache que se acordó de eso cuando volvía a casa después de conocer a Mai Lavinia porque ese día el sol era enorme y ella le había dicho, con toda la inocencia del mundo, que a lo mejor no se ponía.

—Es un sol fuerte, hoy el Atlántico no podrá con él. Nos vamos a quedar a ver la batalla —anunció Mai.

Y Pepe Galvache le recordó que estaban en junio, y que hasta dentro de dos meses no podría ver al sol en condiciones de plantar cara al mar. No pudo hablar mucho más ante la presencia de ella; no era su gracia, su disparatada forma de ser ni la fascinación que producía cuando hablaba, sino que al acercarse vio que aquella espalda joven y fuerte, ancha y al mismo tiempo extrañamente delicada, no estaba llena de pecas sino de agujeros. Marcas de balines o perdigonazos, de escopeta de caza o de feria; Galvache las conocía bien como cazador, puntos que de lejos brillaban con el sol. Había que hacer como si no estuviesen allí, como si la primera novia de su hijo no fuese una chica tiroteada por la espalda, así que le dio dos besos («ya olía bien de aquella, en realidad no fue cosa de la boda») y se despidió.

—Deséanos suerte —dijo ella.

—¿Suerte para qué?

—Para que gane el sol, somos de su equipo.

«Creías que hablaba en serio y al mismo tiempo sabías que no», dijo Pepe Galvache. «Me fui arena arriba, saludé a unos tirillas que jugaban al voley junto a los árboles, y luego subí las escaleras y llegué hasta el coche, y marché a Punta Faxilda sin saber ya no si hablaba en serio o no, sino si estaba viva o si no sería en realidad una muerta».

—¿Qué pasó al final? —preguntó Soneira.

—Viva, estaba viva.

—No, hombre, con el sol.

—¿Con el sol? Aguantó la hostia, pero se acabó poniendo a las dos de la mañana. ¡Qué carallo iba a pasar con el sol!

4. Novás

Martín Novás y yo éramos los mejores amigos de Santiago Galvache y de Mai Lavinia. Martín era «el hijo de los Novás» en el pueblo. Sus padres eran los dueños de Supermercados Novás, una tienda normal tirando a pequeña que en otra ciudad sería un chino pero a la que los Novás, con vocación de imperio, le pusieron «supermercados» como si fuese enorme y como si hubiese más. Conocí a Novás de niño, cuando iba a comprar al súper y él despachaba allí. No llegaba al mostrador del mismo modo que no llegaba yo cuando atendía en la pensión de mi abuelo, y los dos preguntábamos «¿qué va a querer?» al cliente sin que nos viese, así que supongo que había días, cuando nos dejaban a todos los niños a cargo de los negocios familiares, en que si llegaba alguien al pueblo saldría corriendo como alma que lleva el diablo.

Esa historia la contábamos mucho Martín Novás y yo cuando éramos jóvenes y amigos. Seguimos siéndolo, pero sin apenas contacto. Nos habíamos convertido en esas llamadas protocolarias a alguien al que hace cinco años que no ves y que se hacen sabiendo que el otro está tan desganado como tú, se habla deseando colgar, os decís «hay que quedar, pero de verdad, que parece que no queremos ninguno de los dos, no puede pasar otro año» mientras colgáis, los dos, pensando que ojalá pasase un siglo.

Con todo, lo peor es que, al habernos conocido tanto, yo no podía sentir indiferencia hacia Novás, que sería lo justo, sino una manía muy sofisticada que oscilaba entre la crueldad y la ternura.

Novás jugaba al fútbol y llegó a debutar en segunda división cuando tenía veinte años y era canterano del Compostela, en los años dorados del Compos que acabó subiendo a primera. Tenía mucha calidad y en sus primeras temporadas sonó para jugar en algún grande. Todos sonamos en algún momento de nuestra vida para algo y casi siempre nos apagan de un manotazo como si fuésemos un despertador. Pero Novás había sonado para algo verdaderamente grande: jugar en un Arsenal o en un Barcelona. Su manotazo al despertador tuvo que ser violento. En aquella edad dorada se presentaba como un tipo pacífico y lleno de músculos, de gesto angustiado, que lo único que pretendía en la vida era que lo dejasen en paz, por eso se dirigía continuamente a gente que no había reparado en él: para reclamar que lo dejasen solo. Esa inmensidad poética de Novás lo hacía atractivo para las mujeres, que terminaban enamorándose de él sin darse cuenta. Tan despistadamente que a veces tenía que ser el propio Novás el que se lo advirtiese, y entonces ellas se escurrían entre sus brazos fuertes doblándose como en las películas en blanco y negro para que Novás las besase en medio de la pista antes de dejarlas solas porque al día siguiente tenía partido.

De aquellos años se le quedó en la cara un gesto de desagrado y un odio terrible al fútbol: no veía un partido, no sabía quién ganaba y dejaba de ganar las ligas; era como si hubiese una cuenta pendiente entre el fútbol y él, y aspirase a ganarla. Heredero de las ambiciones de sus padres los Novás, quizás Martín Novás soñaba desde Xaxebe con que el mundo le diese la espalda al fútbol y le bajase el pulgar a la Champions League. Ya tuvimos a alguien así en el pueblo, el director de *La Hora de Fisterra*, el diario local de Xaxebe, José Antonio Ventín: un día de 2003 juró que le había llegado la hora a internet, se encerró en su despacho a escribir un editorial y salió a las seis horas, sudando como un cochino, tras una batalla épica. «Ya está, mañana se van a enterar», dijo. «Qué has hecho, José Antonio», le preguntó, lívido, el reportero más veterano de la redacción, Adolfo Mago Sampedro.

Le propuse a Berta Soneira grabar a Novás en el lugar en el que él y yo conocimos a Mai Lavinia, el faro del puerto de Xaxebe. Entre medias ordené todas las notas recogidas durante nuestra conversación con Galvache. La narración de estos hechos, que ocurrieron entre 1993 y 1995, responde a las notas tomadas de los entrevistados principales —en total hubo ochenta y dos entrevistados— y a las grabaciones hechas, más de las primeras por una cuestión de agilidad, y también de mis propios recuerdos, que utilizo en la recreación de los diálogos. Las utilizo, las notas y las grabaciones, cuando la historia lo requiere, de tal manera que hay momentos en los que se exige el punto de vista de alguien antes de relatar su entrevista, y al contrario, retrasar algunos datos para cuando tengan sentido. No hay más intención que la de pretender contar las cosas aproximadamente como pasaron, y en ese aproximadamente no había pieza más determinante que Novás.

En un suceso sin sospechosos, él fue el que más se acercó a serlo. Y paradójicamente, eso fue lo que más asentó la idea de que jamás se resolvería la desaparición de Yulia Lavinia. ¿Qué hacía un futbolista con todo el futuro por delante secuestrando a una niña de tres años, hija de una amiga suya, para llevarla adónde y para hacer con ella qué, sin ningún tipo de prueba, si además en las horas siguientes, y durante semanas, no se separó de nosotros?

—Yo iba a ser la estrella del Arsenal y acabé convirtiéndome para todo el pueblo en "El último hombre que vio a Yulia Lavinia". Mejor dicho, "El hombre que casi secuestró a Yulia Lavinia" —dijo en un momento de la entrevista.

—Estarás cansado de contarlo.

—Bueno, soy un *one-hit wonder*, la canción que se pide al final de todos los conciertos, sobre todo por lo extraño de los conciertos. Yo no bebo mucho, mis amigos —me señaló, como en los viejos tiempos— me llamaban "la caja negra". Aquella noche la fiesta ya se había trasladado al jardín, donde un tipo estaba pinchando música y allí quedábamos como treinta o cuarenta personas, el cura entre ellos porque aquel cura entonces tenía un problema importante con la bebida, no había quien lo echase de las fiestas. Pepe se había ido a acostar borracho como el demonio, yo mismo tuve que subirlo por las escaleras. Lo metí en su cuarto, que está al fondo, y cuando volvía entré en la habitación de Yulia. Porque lloraba, porque tenía pesadillas. Ese año había tenido muchas. Le dije que estuviese tranquila, que sólo tenía que pensar en cosas buenas. No estuve allí más de cinco minutos porque se volvió a quedar dormida. Bajé al salón, vi la fiesta ya muy dispersa, algunos bastante borrachos, ese aspecto de fiesta desmejorada que está a punto de terminar con unos pocos en el salón contándose sus mierdas mientras el resto duerme. Y no volví. Si lo sé me quedo allí hasta las tres de la tarde, ¿entiendes? Me piré sin despedirme porque de esta gente no había nadie que se despidiese, y cogí la puerta y me fui en coche. Llegué a casa, me metí en la cama, y me despertaron a las tres horas con la pregunta más loca de mi vida: "¿Está contigo Yul?". Bueno, me despertaste tú.

Quien llamó a Martín Novás fui yo, y pensé precisamente eso: qué locura de pregunta era ésa. Yo había ido al baño cuando él volvía de allí, y lo vi saliendo de la habitación de Yulia. No me extrañó, porque Yulia era la niña de todos, pero cuando dos horas después se avisó de la desaparición pensé en aquella escena, y en que quizá la niña se había despertado y había querido dar una vuelta, o Novás estaba tratando de dormirla alrededor de la casa, en el porche, lejos de la fiesta, aunque lo habíamos revisado todo.

Novás tardó en contestar cuando lo llamamos, y mientras yo tenía el teléfono pegado a la oreja la cabeza no paraba de darme vueltas y pensaba en el día en que mi padre, después de muchos ahorros y muchos sacrificios, había comprado un BMW de segunda mano. A los tres días me despertó entrando en la habitación con la cara descompuesta: «¿Cogiste tú el coche?». Había llegado al garaje y en nuestra plaza, en lugar del coche, se encontró una manchita de aceite. Antes de asumir que se lo habían robado le había preguntado a su hijo, que tenía doce años, si lo había cogido él. Que era lo mismo que preguntarle si después de acostarlo él mismo en cama, el niño, que era yo, se había colado en mitad de la noche en el garaje para coger el coche y dar una vuelta con él, dejándolo bien aparcado fuera porque en el garaje, con tanta columna de hormigón, era un riesgo meterlo. Igual se había creído eso, una historia tan fantástica que el coche no sólo no había sido robado, sino que no tenía ningún rasguño; me dieron ganas de decirle que sí y supongo que Martín Novás, ante la desesperación de no encontrar a una niña desaparecida, tuvo la tentación de tranquilizar a todo el mundo y decir que sí, que estaba con él, y ponerse a buscarla inmediatamente nada más colgar el teléfono. Los mecanismos de la piedad humana son exactamente iguales que los del miedo, descontrolados y terribles.

Su «no, ¿qué pasó?» fue el final de la última y más disparatada esperanza de todos los que estábamos en Punta Faxilda. Él se vistió, cogió el coche y regresó a las ocho de la mañana a la boda, donde ya había más gente que cuando se fue. «Yo creo que esperaban, sinceramente, que apareciese con la niña dentro del coche mientras yo les gritaba "¡inocentes!" o algo así. Me darían una hostia y me abrazarían, me odiarían para siempre y me querrían para siempre».

Grabamos a Martín Novás sentado frente a la cámara en uno de los bancos de piedra que hay en el muelle, al lado del faro. Con todo el mar detrás volvía a recuperar parte de su viejo atractivo, supongo que porque el mar hacía juego con sus ojos; pensé, con envidia, que quedaría muy bien en pantalla.

—Hacía calor aquel día, un calor pegajoso y rarísimo en la Costa da Morte —dijo cuando llegó—. Es extraño porque aquí no hace calor, aquí refresca o no refresca.

Nos dimos un abrazo y le presenté a Berta Soneira, que tomaba nota en la libreta de las pintadas del faro. Ya no estaba una, la más grande de todas, que decía «Mai no te olvido» y que escribió Santiago Galvache meses después de la muerte de su mujer. Mientras Samu colocaba el equipo, Soneira escrutaba sin disimulo a Novás y Novás a Soneira. «Leí tu libro», le dijo de repente él, «el del holandés, me gustó mucho». «Gracias», dijo ella. Soneira llevaba tres días en Xaxebe. Su cara era luminosa y feliz. Sus gafas bajaban solas de vez en cuando a la punta de la nariz, que parecía un gracioso tobogán, y se mantenían allí solas mientras ella lanzaba una frase loca a la que, como letra en papel cebolla, se le encontraba poco a poco el sentido.

—El libro es bueno, pero lo mejor es que da la medida de tus siguientes libros —empezó el crítico literario Novás—. Eres tan joven que puedes conseguir lo que quieras.

Era una frase involuntariamente ofensiva muy propia de Novás, que Soneira pasó por alto con generosidad.

—¿No conocéis la tribu de las apuntadoras de maneras? —preguntó ella mientras volvía a meter la libreta en la mochila—. Apuntar maneras es nuestra mejor virtud, por eso los chicos se enamoran de nosotras y nuestras amigas nos quieren cerca. Porque nadie sabe cuándo vamos a explotar. Aunque sólo nosotras sepamos que eso es lo mejor que sabemos hacer: apuntar maneras. Sólo somos expectativa.

Novás sonrió y se dirigió a mí.

—Cuánto tiempo.

—Mucho, ¿un año, quizá?

—No se te ve el pelo por el pueblo.

—No —reconocí—, mucho lío abajo. El curro, en fin.

—¿Pediste días libres en el periódico para esto?

—Me debían unos cuantos. ¿Y tú qué tal en el ayuntamiento?

—Bien, bien. Girón, ya sabes.

—¿Y Marisa, y los niños?

—Estamos bien, la verdad. Vida tranquila, ya sabes.

Se había consumado hacía mucho tiempo una ruptura silenciosa que hacía inimaginable otra conversación; él y yo, que al vernos nos vacilábamos de todas las formas posibles y nos hablábamos en la lengua que se levanta en la amistad de la infancia, bajo un tono sólo perceptible por nosotros dos en cuyas inflexiones detectábamos la broma, el resentimiento o la preocupación. Y después de tantos años, de cientos de noches juntos, no habíamos previsto nunca una disolución de este calibre. Nos lo dejó dicho Mai: el momento de la verdad se produciría cuando nos viésemos sin nada que hacer. Cuando no celebrásemos vernos porque se creaba de forma inmediata la expectación de beber, cuando no llevásemos encima dos copas, cuando de golpe tuviésemos diez minutos por delante en los que sólo pudiésemos hablar.

Llegado el caso nos podríamos conocer o saber qué intereses tenía uno y otro. Llegado el caso adivinaríamos con quiénes manteníamos amistad de verdad o no. Llegado el caso, como llegó un día entre Novás y yo, no nos costaría saber que nuestra manera despreocupada de estar en la vida y nuestra teatral extravagancia cuando estábamos juntos, tan forzada a veces, era sólo una forma culta de cortesía, un protocolo habitual como el que une a los presos de permiso. Novás y yo habíamos pasado tanto tiempo juntos y habíamos gastado tantos días con conversaciones frenéticas, pisándonos la palabra, que acabamos sin saber quiénes éramos. Nos habíamos descubierto a los cinco años, redescubierto a los quince y a los veinticinco. No llegamos a los treinta y cinco, y a los cuarenta y cinco éramos ya algo peor que dos desconocidos: dos desconocidos con un pasado juntos.

Cuando se sentó ya listo para ser grabado, llovió un poco. Las gotas no impresionaron a nadie. Decidimos seguir y la lluvia nos dejó pronto en paz.

—A veces hay que hacer eso —dijo Berta Soneira.

—¿Hacer qué?

—Pasar de ella, de la lluvia. Chispea, no le haces caso; luego llueve un rato, pero sigues sin moverte. Y al final se cansa. Es como un puto crío —se giró hacia Novás—. ¿Tienes críos, tú?

—Dos, niño y niña.

—Fantástico. ¿Me puedes decir algo, como buen padre? No encuentro calippos de fresa en este pueblo, de hecho no encuentro ni calippos ni nada, no encuentro helados.

—En invierno es difícil, ¿pero miraste en el súper?

—He mirado debajo de las piedras. Si se conservan en frío, ¿por qué es difícil encontrarlos en invierno?

—Te gustan los helados, ¿eh?

—No, me gustan los calippos. Me gustan cuando se empiezan a deshacer, ese momento casi granizado del calippo en el que la fresa sabe a gloria. Los chupo cuando estoy nerviosa, siempre chupo cuando estoy nerviosa. Y prefiero chupar un calippo de fresa que ponerme a chuparme los dedos mientras te entrevisto.

—Sí, mejor el calippo.

—Estupendo. Grabamos, Sam.

La primera pregunta que le hizo Berta Soneira fue qué solíamos hacer allí, en el faro: «Comer pipas», dijo Novás. Los fines de semana hacíamos botellón, pero entre semana, si algún día íbamos al faro, era para comer pipas entre gaviotas, olor a pescado y un mar terrible que vomitaba olas contra el muro. Fue un día así cuando conocimos a Mai.

Ocurrió un viernes por la mañana de finales de mayo. Estábamos Novás y yo con Suso Miñoca, un amigo del grupo, y se acercaron dos chicas a nosotros. Muy jóvenes, adolescentes o casi adolescentes. Querían fuego, hacía viento y una de ellas se agachó para que el cigarro pudiese prender; la otra, una chica con ojeras en una cara pálida, nos preguntó cómo nos llamábamos. Se lo dijimos. Su amiga volvió con el cigarro encendido: «¿Os importa si nos sentamos? Estamos cansadísimas». Novás no lo dijo en la entrevista, pero les preguntó si estaban haciendo el Camino. Novás hasta los treinta años le preguntaba a toda la gente de fuera si estaba haciendo el Camino. Si yo estaba presente también añadía la historia de cuando los clientes no nos veían detrás del mostrador. Lo mejor es que ninguna de las dos tenía ni idea de qué era el Camino. Estuvimos juntos quince minutos, el tiempo que tardó la fumadora en dar cuenta del pitillo y recuperarse luego, porque al parecer se mareaba. Y de ahí en adelante recuerdo un momento, y lo recordó también Novás, en el que la chica de la cara sin dormir se dedicó a preguntarnos si nosotros salíamos con las guapas del instituto o algo así. De forma muy pesada, por eso lo recordamos los dos perfectamente, y ella nos dijo que una «guapa de instituto» le había robado a su último novio, que no soportaba que las guapas del instituto se acabasen juntando siempre «como el mercurio». En realidad, decía, no son guapas sino ricas, y a esas edades vestirse y arreglarse mejor despista a los chicos: «He llegado a ver a verdaderas vacaburras saliendo con surferos que, de tanto echarse parafina en el pelo, tienen la visión nublada». Lo cierto es que el día que la conocimos daba un poco de pena mirarlas a ella y a su amiga; iban vestidas con vaqueros y una camiseta que tenía pinta de ser de varios días, no olían mal pero tampoco olían como las guapas de instituto. Andrajosas sería la palabra, no tanto para creerlas vagabundas pero lo suficiente como para pensar que no se dirigían a una fiesta ni estaban haciendo el Camino, porque no llevaban mochilas. Entonces les preguntamos, no sé si Miñoca o Novás, si ellas nunca habían sido guapas de instituto, y respondieron que, en cualquier caso, serían guapas de reformatorio. «Y nos vamos, porque sólo tenemos unas horas de permiso». Fue nuestro primer encontronazo con el mundo de medias verdades que se aproximaba. Nos empezamos a hacer la pregunta que mueve la historia de los pueblos: ¿de dónde habían salido? «No nos dijisteis cómo os llamabais». La chica que había fumado, alta y muy delgada, morena de pelo largo, la más callada y triste, dijo «Rebeca» y la chica a la que una guapa de instituto le había robado el novio sonrió de una forma divertidísima, entornando los ojos: «Miss Marte». Y dijo, con la gracia natural de una niña a la que todo le sale bien: «Es que allí hay otro canon».

5. Nico

Una vez mi abuelo me contó que quien decidía cuándo era verano no era el tiempo, sino los veraneantes. Mi abuelo tenía una pequeña pensión en segunda línea de playa. Repetía siempre «segunda línea» para recalcar que tenía las ventajas de la primera y la tranquilidad de la tercera. Eran seis habitaciones muy baratas sin televisor situadas en el piso de arriba de una casa de dos plantas. Mi familia siempre vivió en Xaxebe, allí teníamos una casa grande de piedra que mi abuelo construyó al regresar de Montevideo, donde pasó veinte años emigrado. Era una casa rodeada de flores que cuidaba mi abuela; la casa siempre olía bien y de ella recuerdo habitaciones grandes y limpias, y una pequeña salita de estar con uno de esos televisores antiguos que tenían un tapete encima y un gallo que habíamos comprado en Portugal, y que supuestamente cambiaba de color según el tiempo que hiciese. El segundo piso, durante los años ochenta, siempre se había alquilado a una familia que pasaba todos los agostos allí, los Valdibia, pero un año las cinco hijas Valdibia, rubias y siempre alineadas como vírgenes suicidas, se hicieron mayores y unas prefirieron para veranear Sanxenxo y otras Ibiza. Así que mi abuelo organizó arriba una pensión a la que quería llamar Costa da Morte pero a la que mi madre, en una decisión fulminante, llamó Pensión Amalia.

Dos días después de nuestro encuentro en el faro, una de las chicas, la que dijo ser Miss Marte, se presentó en la puerta de la pensión. Estaba acompañada otra vez, pero no de su amiga Rebeca sino de una niña. «Mi hija, Yulia», dijo. «Encantado, Yulia, soy Nico», dije apretándole la manita. No recuerdo qué llevaba puesto Miss Marte ese día, pero sí que iba más limpia y estaba más atractiva que cuando se presentó con su amiga. El pelo suelto y recién mojado, color en la cara, ni rastro de ojeras. Estoy seguro de que no llevaba un vestido de flores porque se lo regaló Santiago a los pocos días de conocerla, pero es imposible que no la imagine así porque se lo puso muchos días de aquel verano. ¿Cuántos años tenía? ¿Y su hija? Me pareció que preguntarle la edad de su hija era prácticamente como preguntarle a qué edad fue violada.

—Así que eres recepcionista, como mi padre —me dijo.

—¿Dónde trabaja tu padre?

—Recepciona en casa. Como si yo fuese una pelota de béisbol. Pero hace mucho que no, salí de casa a ver mundo.

—Pues aquí se acaba.

—Lo sé, estuve aquí antes, cuando era niña. No aquí aquí, entiéndeme, sino cerca de aquí.

—Oye, ¿es que te gusta el béisbol?

—¿Es que jugáis al béisbol?

—Pues sí, cuando hay marea baja dibujamos unas bases y algunos nos ponemos a jugar allí —respondí y era la verdad, me había sorprendido que hiciese mención al béisbol.

—Odio la marea baja, no te preocupes. Todo lo que deja descubierto el mar pudiendo cubrirlo me da un poquito de asco.

Hizo varios comentarios desdeñosos del pueblo, pero más relacionados con su arquitectura que con su gente, y cuando le pedí el DNI me preguntó si era policía. Yo, la verdad, tenía muchísimas ganas de ver su DNI. Lo que más me gustaba de ese trabajo que hacía por las mañanas en la pensión era ver el DNI delante de sus propietarios y apuntar sus datos mientras ellos esperaban. Me sentía un agente secreto trabajando a cara descubierta y a plena luz del día. Ponerle nombres y apellidos, fecha de nacimiento, ¡nombres de sus padres!, a gente que acababa de entrar por una puerta y tenía que darte sus datos sin rechistar era mi parte favorita de un trabajo en el que básicamente lo único que hacía era leer libros de Agatha Christie y descolgar el teléfono.

—¿Y así fue como supiste su nombre? —me preguntó Berta Soneira. Miré a la cámara, tratando de fingir naturalidad, y dije que sí.

Así, efectivamente, supe que se llamaba Mai Lavinia Romero, que había nacido en Barcelona el 1 de febrero de 1975, por lo que tenía dieciocho años, y que era hija de Ricardo y Rogeria. Cuando le repetí su nombre en alto dio un saltito para atrás y dijo: «Mai» y su hija, desde la silla, repitió: «Ai». Cogió habitación para las siguientes tres semanas. La ayudé con la bolsa de viaje porque venía muy cargada. Recuerdo que hacía un día de mucho calor.

—¿Qué hizo ella? ¿Qué hizo ese día, por ejemplo? —preguntó Soneira.

—No sé. Fue a la playa con la niña, paseó, hablaría con la gente, era parlanchina. No lo recuerdo, te digo lo que solía hacer en el pueblo, pero en realidad no sé si lo hizo ese día. Sí recuerdo que salimos de paseo el día después por la tarde porque necesitaba dormir a la niña.

—Tampoco sabrás la fecha exacta.

—Sí, la tengo en la ficha. Hice una copia para dársela a la policía. Ella llegó a Xaxebe el 30 de mayo de 1993.

Berta Soneira cerró la libreta muy teatralmente, como si dejase caer la tapa de un ataúd, y me sonrió. «¿Estás cansado?», preguntó. Le respondí que sí. Era la primera vez que hablaba a una cámara tanto tiempo. Samu dejó de grabar y me ofreció un cigarro rubio que fumé sentado en el salón de mi casa, la antigua pensión; un lugar desocupado que cualquier día vendería, cuando tuviese fuerzas.

Yo fui el tercer entrevistado del documental. Todos habían hablado mucho, yo también estaba hablando mucho.

Soneira se sentó conmigo. Aún tenía el pelo revuelto por la lluvia y un brillo excitante en los ojos. De repente me pregunté si no se estaría acostando con alguien. Llevaba cuatro días en Xaxebe y sus horas allí, cuando no estaba rodando, eran un misterio. Era reservada y tenía un punto antipático supongo que obligado por la honestidad intelectual que había visto en muchos capullos como ella, los del discurso «yo digo la verdad pese a quien le pese». Pero al final hasta los que sobrevuelan dos palmos el suelo, con sus teorías sobre el ser humano y su relación con la sinceridad, necesitan acostarse con alguien. Entre ellos no, porque la probabilidad de una malformación genética se incrementaría.

Le pregunté qué tal estaba en Xaxebe y me respondió que bien. Exploraba los alrededores, hacía turismo, miraba el mar. Leía, se informaba. Le pregunté si siempre estaba sola y me respondió lo que esperaba, aunque de forma agradable: que aquello era una indiscreción. Añadió algo muy hiriente: «Eres mayor para mí», y como lo dijo en broma, añadí también en broma que ella era demasiado joven, no yo demasiado mayor. Supongo que por vergüenza, nunca le llegué a decir que la seguía desde que publicó a los veinticuatro años un librito estupendo de entrevistas ficticias que un crítico con demasiado entusiasmo y un poco perdido comparó con *La literatura nazi en América* de Roberto Bolaño. Había un eco, pero lo que había hecho Soneira era dirigirse al periodismo, no a la literatura; cansada de llamar a las puertas de los medios, le dio una patada a la mesa. Los grandes intelectuales, políticos y científicos del momento fueron «entrevistados» por ella manteniendo unas largas conversaciones repletas de hallazgos y reflexiones que esos grandes intelectuales, políticos y científicos no hubieran dicho nunca, pero deberían. Fue muy sonada la entrevista que le hizo a Rafael Sánchez Ferlosio, y el titular que le colocó: «La roña que aún se te queda pegada a la uña cuando te quitaste el resto con muchísima dificultad, eso es España». Y la mejor entrevista, la de Felipe González; cinco páginas en las que Berta Soneira pregunta y responde por González hasta alcanzar poco a poco, González, un nivel de confesiones nunca visto que corona con un titular impresionante por lo verosímil: «El fin último de la socialdemocracia no es como ideología, sino como caballo de Troya».

El libro, publicado en una editorial pequeña llamada Morgante, se distribuyó poco y se vendió menos, pero llegó a manos de Ferlosio, que lo alabó como el más sincero ejercicio periodístico que había leído nunca; la declaración convirtió aquella obra en un pequeño fenómeno editorial. Que dijese eso el primer intelectual español, cuya entrevista de cuatro páginas era falsa, abrió un debate llamativo. ¿Y si la verdad es tan sagrada que la tienen que decir por nosotros? ¿Y si simplemente nosotros no sabemos cuál es y nuestras palabras son más sinceras cuando nos las pone en la boca alguien que nos conoce mejor? De lo que no había duda es de que Berta Soneira se documentó a la perfección, y el libro, que obtuvo rápidamente un enorme prestigio, le abrió las puertas de varias publicaciones para colocar reportajes y entrevistas que seguían siendo irreverentes y pasionales, pero habían perdido sinceridad: la verdad de ti sólo la sabe otro. Cuando cumplió veinticinco años, Berta Soneira firmaba piezas en la edición española de *Vanity Fair*, ayudaba en guiones de documentales y cumplía de vez en cuando algún encargo para reportajes a fondo en *El País Semanal*. No escribía nunca menos de tres mil palabras «porque si no, le puedes dar tantas vueltas al texto que lo conviertes en poema». Se hizo famosa en algunos círculos por su rapidez, su agilidad mental y la facilidad que tenía para las citas, las reflexiones provocadoras y los titulares explosivos. Había pasado la adolescencia en casas okupa y estaba vinculada a movimientos anarquistas. Saber quién era Berta Soneira era «estar dentro»; leer a Berta Soneira significaba tener rollo, te gustase o no. Era una marca, algo a lo que ella se resignaba fastidiada porque no era atractiva, no era sofisticada, no tenía tatuajes, no vestía a la moda; lo que era, lo era porque la había liado desde una editorial pequeña y le había salido bien. Creo que se sentía culpable por su éxito, algo común entre jóvenes sin futuro que estaban encauzando su vida contra el éxito de los demás cuando el éxito les sorprendió a ellos mismos, autosaboteándose al principio y rindiéndose después con la dosis exacta, no malsana, de cinismo.

Cuando tenía una historia entre manos, aquella joven terrible y deslenguada se convertía en una lentísima artesana que practicaba su oficio con respeto absoluto a la forma más reconocible del periodismo: escritura fría, impasible, sin un atisbo de juicio de valor, para lo cual seleccionaba las palabras con una dedicación total. «El periodismo es saber elegir los adverbios», dijo en otra de esas *boutades* que tenían mucha más verdad de la que aparentaban.

Yo no la querría cerca ni pensé que algún día lo estaría (siempre me ha dado miedo la gente que obtiene tan rápidamente la consideración de los demás, los creo capaces de cualquier cosa) pero la respetaba; era soberbia y distinguida, y tenía algo de auténtico. Más allá del fenómeno de su irrupción y la construcción de ese personaje despistado capaz de pasar una tarde entera disparando invectivas como Groucho Marx, ella era la autora del impresionante reportaje sobre el holandés Martin Albert Verfondern que le había dado el éxito definitivo, con merecimiento, y de una docena de piezas en revistas y periódicos que había que reverenciar. ¿Hubiera querido yo ser lo que era ella? Me dedicaba a lo mismo, si bien de una manera mucho más modesta —un diario local que agonizaba—, pero no soportaría ni un segundo el escrutamiento tan violento sobre mi trabajo que soportaba ella. Yo estaba lleno de inseguridades, daba mis artículos a leer a todo el mundo antes de publicarlos y si alguien anónimo, en la calle, reparaba en mí, quería que me tragase la tierra. Había que estar hecho de otra pasta y Berta Soneira, una chica de gafas enormes y de estatura mediana, pelo rizo y mirada miope, voz rasposa pero cálida, supongo que lo estaba, o al menos disfrutaba como si lo estuviese. En el fondo, creo que la salvaba el amor tan íntimo y delicado que tenía por su trabajo y la violencia con que protegía su intimidad.

—No tengo treinta años y ya habré dado más de cincuenta entrevistas. Creo que no dije la verdad en ninguna —me contó ese mediodía mientras comíamos—. A veces tenía ganas, pero veía la cara del periodista y se me pasaban.

Le pregunté por qué un documental y no un libro. Respondió que por los rostros. «A veces la voz va por un lado y la cara por otro. No es que me preocupe, pero lo quiero documentar». Terminó de comer, dejando el plato a medias «porque es lo elegante», y dijo algo más: «Me gusta tener mucho metraje, con muchas entrevistas, recursos y planos, sobre un par de horas, menos que eso, un par de minutos, pero un par de minutos importantes. Un par de minutos es todo lo que vive alguien durante una vida. Lo que pasa es que nadie se entera porque existe la creencia de que vivir mucho es que te pasen muchas cosas, pero yo creo que vivir mucho es saber qué cosas te están pasando. Y suelen ser pocas, ¿no?».

—Caray.

—¿Ya estás poniendo el cronómetro?

—No, no.

—Hay una frase al respecto de Boris Pasternak, el que escribió *Doctor Zhivago*. «Aquello duró sólo un instante, pero hubiera podido eclipsar la eternidad». Los dos minutos sobre los que queremos rodar no son para tenerlos con nosotros más tiempo sino para prolongar el placer de la caza. Y porque cuantas más horas le dediques a un segundo, menos se parecerá ese segundo a la realidad y más a la verdad. Anna Karénina no existió, pero lo que le ocurrió es verdad: las chicas como ella se tiran a los trenes. Y el español más famoso de la historia, don Quijote, ni siquiera existe, y no hay nada más verdadero que él. Así que estamos haciendo un documental sobre lo que ocurrió entre las cinco y las siete de la mañana en la casa de un pueblo gallego, aquí en el fin del mundo —suspiró—. Vamos a tener que refinarlo todo de tal manera que el documental se ciña a cuatro minutos concretos, los que se tardan aproximadamente en sacar a una niña de tres años recién cumplidos de la cama y meterla en el coche. Para eso reconstruimos la vida de su madre y la vida de todos vosotros, y la vida del pueblo, para el momento en que alguien abra una puerta y meta a una niña dentro de un coche, y a esa niña no se la vuelva a ver nunca más. Todas vuestras vidas y recuerdos de hace veinticinco años para contar un agujero. Pero el agujero será verdad. Como si después de un gran preámbulo que tuviese a la gente enganchada, abriésemos el telón y no hubiese nada. Mejor aún, avisar al público de que se va a encontrar con nada, y que venga a verlo entregado.

Retomamos la grabación esa tarde donde la dejamos, en la llegada de Mai a la pensión. Me hizo gracia la insistencia de Soneira en que detallase el momento en que Mai y yo nos hicimos amigos. Estaba realmente interesada en cómo empezamos a hablar, cómo iniciamos relación, quién habló con quién y de qué manera. Como si entre los dieciocho y los veinte años fuera posible no hacerse amigo de una persona sola en un pueblo de verano, y como si eso respondiese a algún tipo de acto fundacional y no al transcurso impasible de días iguales. Pero recordé, antes de responder de forma sarcástica, que Berta Soneira nació con internet, donde muchas de las relaciones se establecen pactadas de antemano, a veces con cláusulas, y en los años noventa, si uno no salía de casa, estaba perdido. Le conté, por tanto, que al día siguiente de su llegada a la pensión me dirigí a Mai Lavinia para preguntarle qué hacía en la pensión de mi abuelo si debía pasar las noches en un reformatorio, y me respondió que «lo del reformatorio no era del todo cierto», una expresión que era una de sus preferidas, pero también una de las más sinceras.

Me explicó que «en realidad» (otra expresión estrella de su catálogo) se refería a un centro de acogida, y en él no estaban las dos sino Rebeca. Mai también, hasta los dieciocho años. Pero ya no necesitaba la tutela de nadie, dijo («mi *joystick* está roto»), y además su familia vivía lejos, «en Cataluña, otro país prácticamente». Y aunque era una familia con la que había intentado «matarse» alguna vez, pasaban muy rápido del odio al amor. Ella tenía dieciocho años, «una edad de la que me arrepiento muchísimo, entre otras razones porque las cosas buenas me pasan en

70

los pares, y las malas en los impares», y su único deseo era cuidar de Yulia y pasar un verano de sol y playa, enamorarse y casarse lo antes posible. Estaba haciéndolo todo «un poco desordenado», porque había tenido una hija primero, pero eso pasa «algunas veces» y ahora lo que había que hacer era, en lugar de darle a un padre una hija, darle una hija a un padre. «Tan fácil como eso».

La que estaba en un centro de acogida era su amiga Rebeca y aún le quedaba un tiempo allí, si bien con permisos. Se habían conocido en el centro de menores Xoán Vicente Viqueira de Roxos, a una hora de Fisterra, un sitio «maravilloso» que a veces era un colegio y otras «un psiquiátrico». La acompañé por el paseo marítimo mientras empujaba la silla de Yulia esperando a que la niña se quedase dormida. ¿El padre de Yulia? «Problemas familiares». ¿Tus padres? «Problemas familiares». ¿Estudias? «Problemas de papeles». ¿Trabajas? «Muchísimos más problemas de papeles». ¿Eres problemática? «Los problemas me los dan a mí, yo no doy ni uno».

La niña dormía desde hacía mucho, era un día de entre semana; en el pueblo no se veía a mucha gente y hasta el mar, que solía romper en la orilla, estaba en calma. Eran aguas tan oscuras que se fundían con el cielo y uno no sabía qué era cielo y qué era mar, y producía una sensación de vértigo pensar que al meterte en el mar llegaría un momento en que pisarías el vacío.

Antes de llegar a la pensión pasamos por delante del bar Ranchito, y paré al ver a Adolfo Mago Sampedro en la terraza. Mago Sampedro había sido amigo de mi padre y era una de las personas que me tenía más afecto y se preocupaba más por mí; con los años se convirtió también en un viejo compañero del periódico, antes de que me fuese de Xaxebe. Cuando llegamos estaba solo en la única mesa que quedaba de la terraza, iluminado por una farola, en una estampa muy propia de él. Lo supuse borracho y se comprobó pronto.

—Te presento a Mai.

—¿Mai? Cuando tu padre te llama Mai es que es muy rico.

—O es que no tiene tiempo para mierdas, también —respondió ella.

—Qué haces, Mago.

—Celebrar mi cumpleaños, os invito a algo.

—Tenemos prisa —bromeó Mai adelantándose a saltitos—, mañana es el nuestro.

Seguimos nuestro camino. Mai tenía unos enormes ojos castaños que parecían haber sido dibujados por alguien a punto de estar triste. Ella me preguntó por mí y le conté poca cosa porque mi vida era poca cosa. Cualquier intento mío por indagar en la de ella era inmediatamente desarbolado; tenía un talento impresionante para el misterio. Según ella, había estudiado en Barcelona, su hija no era de alguien de quien estuviese enamorada y ahora simplemente tenía que decidir si seguía estudiando o se ponía trabajar. ¿Le interesaba estudiar algo en concreto, tenía experiencia laboral o había algún trabajo que le interesase?

—¿Siempre que conoces a alguien lo fríes a preguntas? —dijo.

—Es lo que se hace, ¿no? Interesarse por la otra persona. Conocerla.

—No, porque me preguntas por el pasado. Para conocer a alguien no hay que preguntarle todo el rato por el pasado, para conocer a alguien hay que dejarlo en paz.

En su tono se advertía siempre el consuelo de una última ironía, como si dejase las frases al borde de darte un golpecito en la espalda y decirte «es broma». Pero nunca lo hacía, así que uno tenía que sentir el golpecito o no sentirlo. Cuando me dijo eso, por ejemplo, a pesar de que en absoluto parecía molesta y lo decía sonriendo, no lo sentí en absoluto.

—¿Quieres saber algo de mí? Pues lo más importante es que yo tengo un superpoder —me dijo—. Veo el mundo media hora tarde.

—Eso no es un superpoder, es una minusvalía.

—A lo mejor soy yo la que está media hora por delante.

—Si sólo te pasa a ti entonces puede ser un superpoder, pero el primer superpoder de la historia que te hace peor. Como el superpoder de ser manco. Salvo que puedas actuar sobre cosas que ya sabes.

—No —dijo de repente muy triste—. Veo el pasado en directo; no puedo hacer nada, sólo contemplarlo.

—¿Y esta conversación?

—La habrás tenido hace media hora.

—¿Yo veo el pasado, entonces?

—No lo ves, vives en él cuando estás conmigo. Pero sólo media hora, es como si yo fuese un país con el meridiano un poco estropeado.

—¿Puedes adivinar el pasado?

—Lo que no puedo adivinar es el presente.

«*I'm about to give you all of my money / And all I'm askin' in return, honey / Is to give me my profits*». En algún momento de ese verano o ese invierno, seguro que porque ella la ponía obsesivamente, empecé a cantar aquella canción de Aretha Franklin. «Estoy a punto de darte todo mi dinero y todo lo que pido a cambio, cariño, es que me des mis beneficios». De ese segundo encuentro me gusta pensar que se produjo en una noche cálida y estrellada, aunque muchas eran frías, incluso en mayo, y nubladas. La ayudé a subir la silla con la niña dormida hasta la segunda planta, y la despedí en la puerta. A las cuatro horas me despertó el único huésped que teníamos aparte de ella, un comercial de Valladolid maleducado que creía que en lugar de en la pensión Amalia estaba hospedado en el hotel Sheraton. Llamó a la puerta de mi cuarto, el lugar al que había que dirigirse en caso de urgencia, y me dijo que no podía dormir porque había una mujer en su planta llorando desconsolada y gritando que alguien se había llevado a su hija. Subí las escaleras corriendo y llamé a la habitación una, dos y tres veces, pero sólo se oía el llanto entrecortado y fantástico de Mai, algo que a esas horas no producía alarma sino una especie de hipnosis, y de vez en cuando repetía «*m'han robat la nena, m'han robat la nena*». Reconoció mi voz en el pasillo, o al menos gritó «¡Nico!», y abrió la puerta arrastrándose por el suelo y me encontré su habitación convertida en un cuarto de guerra, lo cual tenía muchísimo mérito porque eran las habitaciones más sencillas del mundo: dos camas individuales, una mesilla de noche y un armario, pero era tal el desorden y el caos que parecía una suite del Sheraton, así que mi primera intención fue girarme y pedir perdón al comercial de Valladolid, pero ya se había metido en su cuarto con la misma agilidad y despreocupación de una ardilla (era malo hasta decir basta). Me latía el corazón tan rápido que no sabía qué decir, y me llené de sudor de golpe al punto de notar la camiseta pegada a mi cuerpo a aquella hora, cinco o seis de la mañana. Allí estaba toda la ropa de Mai tirada y las puertas del armario abiertas, y las camas patas arriba, colocadas al revés porque «quería saber si la niña se había escondido allí», dijo como si para buscar debajo de las camas les hubiera dado la vuelta en lugar de agacharse. Las cortinas arrancadas, la ventana abierta, los cajones volcados. Ella se había calmado ya, o al menos estaba sentada en el suelo con las piernas estiradas como si fuese a hacer ejercicios de flexibilidad con los brazos, y su mirada era tranquila y distante. «*M'han robat la nena*», repitió, pero esta vez con un tono de voz que parecía que ya se la habían robado menos que hacía unos minutos. Y le pregunté si es que había oído algo, si alguien había entrado y salido, porque las puertas estaban cerradas con llave, la suya y la de la casa, y mi habitación está en la planta baja, al lado de la salida, así que cómo había podido ocurrir sin que nadie se enterase, y mientras le preguntaba y ella no respondía, sólo estiraba los brazos hacia sus rodillas, empecé a revolver yo mismo la habitación en el mismo gesto estúpido y absurdo de encontrar a un ser humano en quince metros cuadrados hasta que, al querer apartar la silla de la niña que estaba frente a la ventana, la descubrí allí profundamente dormida, tranquila y en paz, con el chupete en la boca y el pelo oscuro recogido en un lacito verde. «Está aquí», le dije feliz y asustado al mismo tiempo, pero más asustado que feliz cuando ella me miró aterrorizada —una mirada que, de tenerla yo, no hubiera podido hacerla descansar nunca— y dijo: «Hace media hora no estaba».

6. Mai y Santi

Al día siguiente de aquel suceso, el 1 de junio de 1993, un torero llamado José Ortega Cano hablaba en el periódico de sus recientes amores con una cantante folclórica conocida como «la más grande», Rocío Jurado. Ortega Cano había toreado en la plaza de Las Ventas, durante la feria de San Isidro, de donde salió abucheado: «Debe ser porque algunos no me perdonan que sea feliz en mi vida privada, porque mi actuación no era para tanto [...]. Con el aire que hacía, era necesario poderle poco a poco a los toros, que no eran malos e incluso en otras condiciones les habría cortado las orejas. Dejo de hablar porque ahora en caliente puedo decir alguna burrada». Al día siguiente, 2 de junio, otro torero triunfó: «La habitación del hotel donde se alojaba Dámaso González era un manicomio al término de la corrida por el gran número de felicitaciones que le llegaban, según decía el torero: "Está como la plaza durante mi segunda faena, aquello rugía igual que un manicomio y me encuentro satisfechísimo de este triunfo, que ha sido el mejor broche a mi larga carrera, con la importancia añadida de ocurrir en la feria de San Isidro, la última de mi vida"». Ya el 3 de junio de 1993 se anunció que un hombre, Paul Touvier, sería el primer francés juzgado por crímenes contra la humanidad. Fue el jefe de una milicia fascista de Lyon durante la ocupación nazi.

Desde su llegada al pueblo, Mai leía los periódicos en la cafetería Raimunda y recortaba una noticia mientras comía dos croissants untados con margarina y los mojaba en colacao. Raimunda nunca le dijo nada, como si existiese un pacto tácito entre las dos: Mai se llevaría con ella un trozo de actualidad que no molestase a nadie de la cafetería, donde poca pinta tenía de que no pudiesen vivir sin saber lo que pasaba en la feria de San Isidro. Bien es verdad que si llega a recortar un día la información de las mareas, arde todo el pueblo.

Después de desayunar, Mai me llevaba el recorte a la pensión, y yo lo guardaba en una de esas carpetas azules con gomas de aquella época, incluso de antes, que ella también tenía. «¿Por qué este torero?», le pregunté el día que trajo el de Ortega Cano. «Porque le gusta a Rocío Jurado. ¿No te gusta Rocío Jurado? Sólo a los hijos de puta no les gusta Rocío Jurado». Siempre tenía la cara fresca de haber dormido bien, siempre tenía el pelo suelto y los pómulos algo encarnados. Esos primeros días casi siempre vestía un vestido blanco, y llevaba el pelo moreno pero muy brillante, casi claro. «Ortega Cano está tristísimo», suspiró mientras extendía el recorte de prensa sobre una mesa. «No le perdonan que sea feliz».

Desde el día siguiente del falso secuestro de Yulia empecé a moverme físicamente ante ella como ante un animal salvaje. Y a hablar eligiendo las palabras y el tono con la sangre fría de un artificiero. Cualquier precaución era poca. Cuando una persona a la que acabas de conocer hace algo así, como Mai, dejas de descansar automáticamente no por lo que ha hecho, sino porque no sabes qué va a hacer después. Aquella chica era como presentarse a una partida de ajedrez, mover el caballo y ser incapaz de hacerlo en otra dirección que la diagonal; mover el alfil, por tanto, con las normas del caballo, y ser incapaz de hacer otra cosa que moverlo como un peón. Durante el tiempo que tardas en aprender a mover las piezas hay que tratar de que no te coman ninguna, ni mucho menos perder la partida. Todo eso sin entrar a valorar que el juez acepte que uno de los jugadores no juegue en el mismo plano temporal que otro.

El día 1 de junio en que Ortega Cano fue abucheado fuimos a la playa los tres desde la pensión, primero por las calles de piedra de Xaxebe y luego por un paseo marítimo en el que se resbalaba por la arena. Al llegar saludó a Martín Novás, al que ya conocía del faro, y a Suso Miñoca. Los demás irían viniendo luego, pero nosotros tres y Santiago Galvache éramos los íntimos. Tiramos las toallas junto a la rampa de la playa, lejos de la orilla y al lado de los toldos de colores que siempre alquilaban las familias de fuera. Mai llenó de protector solar a Yulia («¿recordáis cuando estaba de moda llevar las pieles blancas y la tuberculosis era lo más?») mientras las observábamos como a extraterrestres. Siempre íbamos a la playa de Barrosa, a un kilómetro del pueblo. Allí había un chiringuito que vendía helados de Frigo y, con la marea baja, a veces los chicos bajábamos a jugar al fútbol o al béisbol y las chicas a las palas. Todas las tardes del verano eran iguales. Iban llegando los demás de la pandilla a nuestra zona, colocaban sus toallas (había verdaderas luchas sordas por colocarse al lado de éste o de aquélla; Novás era el más solicitado) y echábamos tardes inmensas, gigantescas, que muchas veces terminaban de noche. Luego íbamos a tomar cervezas al Ranchito, nos marchábamos para casa a dormir, y por la mañana trabajábamos casi todos, menos los bañistas (los turistas se llamaban bañistas), en los negocios familiares del pueblo. Después de comer, cuando acababa la etapa del Tour de Francia si era de alta montaña, bajábamos a la playa.

En aquel grupo de amigos nuestros Mai dibujó un círculo estrecho en el que sólo entrábamos Novás, Santi Galvache y yo; cuando alguno no estaba, o cuando tenía capricho, dejaba entrar a alguien, a veces incluso a alguna chica. Rápidamente todas pasaron a hablar mal de ella a sus espaldas, con bastante merecimiento; rápidamente también ella puso su objetivo más cariñoso en Ana Miñoca, hermana de Suso, a la que pasó a proteger de los desalmados que le hacían daño sentimentalmente, y su objetivo más hostil, pero una hostilidad irónica y teatral, en Sonia Sardinas, yo creo que porque saltaba a la vista que había sido guapa de instituto: una chica alta y pelirroja, con pequitas, ojos verdes. Un día le pregunté a Mai por qué le tenía manía y me dijo que esas cosas no se razonan, por eso son manías. «Pero yo la quiero mucho», añadió, y era verdad. No la llamábamos Sonia Sardinas, que era su apellido real, sino Sonia la Pelirroja. La bautizó así Miñoca porque Miñoca era ése que hay en toda pandilla turística que al de Sevilla le pone Sevillano; al de Madrid, Madrileño; y al rubio, Rubio. En algún momento él mismo contaba que era el autor de esos motes; solía ser un momento bastante ridículo, casi tanto como cuando Novás le preguntaba a cualquiera de fuera si estaba haciendo el Camino, como si se hubiesen pasado de frenada, atravesado Santiago y plantado en Fisterra para seguir en barco la búsqueda del apóstol.

A los dos días, el 3 de junio, apareció en el pueblo Santiago Galvache. Dio la voz de aviso Sonia la Pelirroja porque vio subir a Punta Faxilda el coche de la familia, un Audi largo y nuevo en el que cabían los tres niños Galvache, su cuidadora Lola y Pepe, al volante, que ponía siempre los 40 Principales. «Novás me había llamado para contarme que Nico tenía en la pensión a una chica sola y rara. Que tenía una hija de unos dos años, muy callada, que no daba guerra, vamos. Le pregunté si estaba buena. Mai, quiero decir. Le pregunté si no sería una de esas locas que a veces venían a parar a Xaxebe desde Mar de Fóra, la playa de los jipis. Me dijo que me gustaría, así que supuse que no, porque si le preguntas a uno de tus mejores amigos si una chica está buena, y te dice que a ti te gustaría, a ella la está llamando fea y a ti te está llamando imbécil», dijo Santi Galvache en el documental.

«Yo sabía que Mai le gustaría a Santi porque le deslumbraban las mujeres con mucha personalidad, las mujeres madre, y Mai era un bichazo», había dicho Novás. «Eso lo vi pronto, pero ni el día de faro ni el día de la playa supe ver que Mai tenía un rollazo de cagarse».

—A los dieciocho años —dije yo—, sólo estás mirando cómo tiene las tetas o el culo, del mismo modo que ellas están pendientes de los ojitos de ellos, sus abdominales y sus bíceps. Y luego, al crecer, intentas convencerte de que lo que mola es el humor, la cultura, es que "es buena persona y con ella estoy bien". Chorradas. Yo creo que todo está en la forma de moverse. Con dieciocho y con cincuenta y ocho, hay gente que se mueve de una forma que, al verla, sólo quieres saber qué es lo siguiente que va a hacer. Da igual los kilos que mueva si le permiten moverse con interés, da igual que tenga unos rasgos determinados o un conocimiento impresionante de las cosas: es la forma de moverlo lo que lo convierte en algo valioso. La manera de caminar, de sentarse, de levantarse, de mover los brazos, de girar el cuello, de estirar una pierna, de mover los ojos para un lado y para el otro, de hablar, sobre todo de hablar. Todo lo que no se puede entrenar o imitar. Nunca es el qué en las personas, siempre es el cómo, eso se aprende con el tiempo. Quieres que se mueva para ti, que todos esos movimientos los haga porque llamaste su atención, o le dijiste "ven aquí", o lo empieza a hacer ella de forma voluntaria sólo para ti. Hubo un momento de ese verano en que todos los movimientos de Mai estaban dirigidos por Santi: porque él estaba en la playa, ella iba a la playa, o aparecía en el Ranchito porque estaba él, o venía andando con el carrito de la niña hasta el faro a ver si se lo encontraba. Y yo pensaba que esa forma de caminar, esa forma de pararse a encender el pitillo, esa manera de agacharse porque la niña tiró el chupete al suelo, se debía a un culpable, y el culpable tenía que estar superorgulloso de que semejante animal se pusiera en marcha por él.

Yo supongo que Mai disimulaba las ganas de conocer a Santiago Galvache, sobre el que se había creado la expectativa de ser el último en aparecer; cuando llega alguien nuevo a la pandilla, y aquella era una pandilla de verano a la que llegaba gente nueva cada mes de junio, su interés tras conocernos a todos era conocer al último, al que nunca está o llega tarde, el que se deja ver con dificultad. Eran esas mierdas de la adolescencia que se habían retrasado un poco en nuestro caso, quizá artificialmente. Durante esos dos días Mai y Yulia se incorporaron al grupo de la misma forma natural y explosiva con la que un coche da una vuelta de campana. Cuando Mai se enteró, el segundo día, de que Sonia Sardinas era la hija de Julio Sardinas, el jefe de la policía local de Xaxebe, dijo que para ella, «insisto, para mí», el mundo ideal sería aquel en el que no existiesen los núcleos familiares, para lo cual no se deberían conocer nunca los vínculos paterno-filiales: cada niño al nacer es llevado a otra parte del mundo «y allí se vale por sí mismo con ayuda del estado y de una comuna elegida al azar dispuesta para la ocasión». Porque todo lo que resulta de las relaciones entre padres e hijos, dijo, es injusticia social, justificación moral de delitos de la peor clase y dependencia afectiva insana.

Recuerdo la mirada aturdida de Sonia Sardinas: «¿Lo dices en serio?». «Sí, pero en realidad no sé cómo. Tiene que haber un modo», contestó Mai tumbada al sol con los ojos cerrados mientras hablaba. Sonia, erguida en su toalla.

—¿Y esto lo dices por mi padre? ¿Es que no puedo tener un padre policía?

—A ver, que yo estoy a favor de la policía, de Dios y de cualquier cosa que ordene algo. Lo decía por ti.

Y cuando parecía que Sonia la Pelirroja se iba a levantar a darle un bofetón, sonrió y dijo: «Qué loquiña estás», sin que Mai respondiese, sólo sonrió también, los ojos cerrados, tumbada al sol en paz con ella misma y con los demás: podía ser cortante y desesperante, pero no había manera de enfadarse con ella.

Cuando era niña, Berta Soneira se enamoró de un niño de su calle que iba al colegio con ella. Nos lo contó a mí y a Samu el día de mi entrevista, cuando salimos a tomar algo y a estirar las piernas. Ella tenía nueve años y su enamoramiento era tal que un día su padre le sacó una foto a ella en una atracción de las fiestas, y cuando la fue a revelar se veía detrás a un grupo de niños esperando su turno en los coches de choque, y uno de esos niños era Toni, el que le gustaba. Recortó la foto con su cara, y se hizo un collarcito que llevaba siempre debajo de la camiseta. Con ese collar y la foto de su amado estuvo tres años, hasta que un día los perdió. También perdió de vista a Toni al irse al instituto, pero volvió a verlo a los quince años en una discoteca. Se enrollaron. Empezaron a salir. Ella nunca le dijo que estaba colgada por él desde los nueve años, y que incluso lo llevó colgado hasta los doce. Pero un día Toni le dijo que le tenía que enseñar una cosa, y cuando apareció traía aquella pequeña foto recortada y el hilo que ella utilizaba para echársela al cuello. Lo que ocurrió fue que años atrás el padre de un niño de su clase encontró la foto tirada en la calle, y al ver que era de Toni se la dio a sus padres. Pero había algo escrito detrás, el nombre y los apellidos de Toni, y un corazón. Y tantos años después a Toni ésa le pareció la letra de Berta Soneira, y le llevó la foto.

—¿Estabas tan enamorada de mí?

—¡Era una niña, Toni!

—¿Por qué, ahora no lo estás?

—Ahora lo estoy más.

Berta empezó a pasar días enteros con él, y alguna noche, porque el padre de Berta apenas paraba en casa, eso cuando no estaba en el calabozo o en la cárcel, y la historia de amor transcurrió como tantas en la adolescencia hasta que a Toni le empezó a molestar que Berta se pusiese guapa, se maquillase, enseñase las piernas, se abriese un poco de escote. Y ella, que lo veía natural y obedecía enamorada, lo empezó a dejar de ver en la tercera o cuarta bofetada, no le pareció bien la tercera o cuarta paliza, y a la sexta lo dejó. «Desde entonces tengo algún problema con el amor», dijo, «pero incluso al final le hice la mayor demostración de amor que hice nunca: no decirle lo que pasaba a mi padre».

—En fin, cuéntame esta tarde cómo fue la historia de Santiago y Mai, a ver si recupero la fe.

La primera vez que Santiago Galvache bajó a la playa con su aire despistado, un jueves sobre las siete, mientras nosotros estábamos organizando el botellón de esa noche, todos creímos que Mai Lavinia estaba fingiendo. Éramos un grupo de chicas y chicos de entre dieciocho y veinte años que solíamos adoptar veraneantes espontáneos, los que cayesen, y que en aquellos días teníamos con nosotros a una chica de dieciocho que se hacía llamar Mai, que había aparecido sola con una hija y que pagaba una habitación en la pensión Amalia de Xaxebe. Santiago Galvache, dieciocho años, sabía de ella porque lo había avisado Novás, pero tardó en distinguirla.

«Se produjo la típica tensión entre dos personas que esperan ser presentadas. Ellos le habían hablado a ella de mí porque yo era alguien destacado de la pandilla, y supongo que en cada aventura que contaban salía Santi por aquí y Santi por allá. Y en mi casa se hacían las fiestas, eso siempre es importante. Novás era el guapo, un futbolista con esa planta y de ojos verdes, imagínate. Mi popularidad en nuestra pandilla supongo que era porque no tenía madre, que eso da una fama de la hostia, y por el dinero de mi padre; tenía la mejor ropa, una de las mejores casas del pueblo...», dijo Santiago Galvache.

—Santi, ésta es Mai, la tenemos a prueba —dijo alguien señalándola.

—La famosa Mai —dijo él acercándose.

Pero ella no movió un músculo y supusimos que se estaba haciendo la interesante, hasta que alguien le tocó el hombro y ella hizo un gruñidito, se revolvió un poco y se movió con los ojos cerrados. El encuentro tuvo relevancia después, como todos los encuentros importantes. Entonces nadie prestó atención salvo ellos a las cosas que les pasaron dentro, aquéllas de las que se enteraron en el momento y aquéllas de las que se enteraron pasado el tiempo, todas acerca de sí mismos y de su insólito funcionamiento al conocerse.

Ella recordaría que lo primero que pensó es que él le tapaba el sol: «Imagínate conocer a alguien de esa manera». Él se quedó como un pasmarote a su lado, aún con la toalla al hombro, mientras ella se desperezaba, y al abrir los ojos un poco intentó distinguir la figura que la había dejado sin luz. «No sé quién eres pero éste es el mejor sol del día, el que va desde las siete de la tarde hasta las nueve de la noche; el sol que hace los acabados, que matiza el sol anterior que tomaste durante el día y te deja un bronceado inmortal», se quejó ella mientras se ponía en pie. Santi levantó las cejas. «Así que ésta es Yulia», dijo al ver a la pequeña, cogiéndola en brazos: «La primera nena de la pandilla». «¿Quieres ser su padre? Es que no tiene», le dijo ella. Yulia le dio un beso a Santi. «Mírala qué espabilada cuando quiere», dijo Mai. «¿Celosa?», le preguntó él. «Mucho», contestó ella, y dio un saltito y le dio dos besos a Santi, que se los devolvió con Yulia en brazos. «Parecéis una familia», les dijo alguien. «¿Cómo que parecemos? Somos», respondió ella. Y empezaron a serlo.

«Yo no me enamoré de ella al verla», dijo Santiago Galvache veinticinco años después, «sino que al verla pensé que estaba enamorado de antes». Esa noche Santiago no fue a la fiesta de la cala, que se organizaba todos los jueves, y se quedó con Mai, Yulia y Rebeca, la amiga de Mai. Muchos se preguntaron días después por aquella relación, por aquel amor, por aquella manera de quererse que parecía venir de antiguo. Nadie tuvo una explicación clara, tampoco los amigos que estábamos en el momento en que se presentaron. Fue como ver a dos desconocidos entrar en una casa y ponerse a vivir dentro como un matrimonio, pero no esa clase de matrimonio que ejerce como tal, siempre al borde de la descomposición, sino como uno que acabara de casarse cinco minutos antes. Parecía que se lo habían tomado a broma los cinco primeros minutos, pero al sexto se dieron un pico y gritamos «ooooh» en la playa, tirados donde siempre, con la camiseta puesta porque refrescaba y con las piernas llenas de arena, y a los quince minutos se fueron los tres a dar un paseo a las rocas y volvieron de la mano, y cuando pensamos que nos estaban tomando el pelo resulta que estaban enamorados perdidos, o al menos se hacían muchísima gracia el uno al otro, no podían separarse un minuto y estaban obsesivamente pendientes de todo lo que les concerniese, salvo de lo que dijesen de ellos, o sea enamorados.

Martín Novás contó en el documental una charla que tuvo con Mai pocos días después, en la que Mai le dijo que llevaba toda la vida soportando que la gente hablase de ella, en su colegio, en su calle y, en definitiva, allá donde fuese. Y que aquello terminó cuando desarrolló una especie de sordera que hacía que no le prestase atención a nadie, tampoco a los que la querían, «que no sabía dónde estaban». Y que a Santiago Galvache lo oyó perfectamente, tanto y tan bien que hasta reconoció su voz. Que no se había enamorado nunca ni había tenido un flechazo, y que tampoco sintió algo así al conocer a Santi. «Fue como si hubiésemos vivido siempre juntos y, después de muchos años de ausencia, volviese a verlo». «Fue muy impactante porque era como si ella hubiese estado a mi lado siempre. Lo único que pasó fue que le puse cara y cuerpo», dijo él. «Era esa clase de amor que es un lento veneno», dijo Pepe Galvache, «como dice el tango». Berta Soneira me contó que no hay tango que diga eso y que lo que sucedía era que a Pepe Galvache se le ocurrió la frase, le pareció ridícula al oírla de su boca y se la atribuyó a un tango.

«Pero yo he oído todos los tangos del mundo y eso no es de un tango, quizá de alguna canción de pop-rock, eso se lo compro», dijo muy seria. Tenía una forma asombrosa de tomar el pelo.

Una semana después nadie se acordaba de la época en que Mai Lavinia y Santiago Galvache no eran novios. Y como todas las parejas que nacen de forma tan asombrosa, empezaron a aislarse en pleno deslumbramiento, separándose solos en las fiestas para hablar durante horas o quedarse callados juntos a unos metros de nosotros, como esos matrimonios mayores que bajan al paseo marítimo a sentarse en una terraza uno al lado del otro, y echan la tarde mirando al mar sin dirigirse la palabra. Formaron, con el paso del tiempo, un club privado al que sólo Yulia tenía acceso y al que no podíamos asomarnos los demás porque entendieron que la incomprensión que los rodeaba, el misterio sobre el que se había inaugurado semejante amor, era precisamente el blindaje que lo protegía. No había nada que entender y nadie tenía derecho a aspirar siquiera a hacerlo. Se hacían una profunda e íntima compañía que no permitía imaginarlos por separado, que no concebía encontrárselos a uno en un sitio y a otra en otro, y así fue como, cuando Santiago Galvache llegó al pueblo para quedarse todo el verano, Mai Lavinia pidió pagar la factura de la pensión al cumplir las tres semanas que había reservado, cogió su bolsa de viaje y se subió con la niña al coche de Pepe Galvache para dirigirse a Punta Faxilda. Ese día, 20 de junio de 1993, el Sevilla jugó sin Maradona, al que ya le había puesto encima un detective privado, y que el domingo anterior, al ser sustituido, le había gritado a su entrenador Carlos Salvador Bilardo «andate a la puta que te parió»; es el último ejemplar que conservo. Los demás los siguió acumulando ella, pues la colección ya venía de antes y sólo se interrumpió esas tres semanas para ser yo el beneficiario de los recortes; supe de ese privilegio porque, al irse, quiso pagarme con ellos, no con dinero. «No me llega, la verdad», dijo. Mi madre le perdonó una semana, y Santi se ocupó de las otras dos. No le hubiera llegado ni para una noche. Dos días después, el jefe de la Policía Local, Julio Sardinas, se presentó en casa de los Galvache para preguntar por María Isabel Bernatellada Romero, de dieciséis años, y se la llevó detenida. Nadie entendía lo que había pasado ni el motivo de la detención. Tal fue así que Suso Miñoca comentó que lo mismo habían ido demasiado rápido, que quizá ser novios así de esa manera «no es legal».

7. Sardinas

Julio Sardinas fue concejal antes que policía, algo que se destacaba mucho en el pueblo no se sabe si porque para los vecinos ser concejal era como ser ministro o es que consideraban la concejalía una actividad extraescolar de las labores propias de los agentes. Sardinas, en cualquier caso, fue un concejal prodigio, un hombre que se hizo con la cartera de Fiestas y Jardines cuando tenía veintiún años, «una edad escandalosa», le reconoció a mi abuelo un día hablando con él en el bar Ranchito; lo dejó a los veintisiete, como pretendiendo hacer de los concejales de Fiestas y Jardines una estirpe parecida a la de las estrellas del rock. Esa etapa de su vida hizo de él un hombre profundamente melancólico. Su frase favorita, para referirse a la ausencia de sucesos en el pueblo, era «Xaxebe es un estanque».

Era pelirrojo, no bajo pero sí agachado, como si nunca pudiese acabar de ponerse recto, y tenía una cara esquiva de una insólita tristeza, de nariz saliente y afilada, boca minúscula, piñonera, y poco pelo, pero como siempre andaba de un lado a otro el sol le pegaba en la cabeza y, con ella encarnada, no se distinguía la calva incipiente del pelo. Tenía un aspecto singular y nada feliz, pero era un buen hombre y un hombre, además, terriblemente cáustico. Del día de la desaparición de Yulia Lavinia recuerdo que llegó en su propio coche, al contrario que los demás policías, y como quiera que llegó antes, y nos encontró a todos vestidos de gala y con el olor de la fiesta llenándolo todo, entre globos, serpentinas y el pincha recogiendo sus cosas en la cabina, hizo una pregunta que se quedó para siempre en el imaginario del pueblo: «¿Es aquí?».

—No es un escenario corriente para la desaparición de una niña —dijo un cuarto de siglo después, frente a las cámaras.

—¿Fue una irregularidad secuestrarla allí? ¿No tenía licencia? ¿Eso podría anular el secuestro, quiere decir? —Berta Soneira encendió un cigarro. Julio Sardinas era nuestro cuarto entrevistado.

—No, no, quiero decir que no es normal acudir a investigar la desaparición de una niña y encontrarse a gente casándose. En esos casos quienes desaparecen suelen ser los novios.

—¿Qué pensó cuando recibió la llamada?

—Que la gente de este pueblo está chalada, que es algo que llevo pensando mucho tiempo. Por tanto, creí que se trataba de una gamberrada. No sé si una gamberrada a la novia, por lo que estaríamos ante una gamberrada un poco rara, o una gamberrada dirigida a mí, y en ese caso quizás hubiese disparado a dos al azar, exactamente las horas que me quedaban para dormir.

—No tiene usted pinta de disparar.

—No tengo pistola, si le digo la verdad. De hecho no sabría usar una, es política del ayuntamiento. Vamos por ahí con unas esposas. A veces he pensado en empezar a golpear con ellas directamente.

—Raro teniendo en cuenta la cantidad de votos que hace su alcalde en los funerales.

—Pero es importante que a los muertos no los mate él. Eso le daría mucha popularidad, pero no está bien visto.

Grabamos en O Con, un lugar montañoso desde el que se contemplaba el pueblo en unas vistas panorámicas que a Sardinas le pusieron nervioso porque creyó que, como policía, podía dar la impresión de que era una especie de Batman de Xaxebe.

—Voy a ser sincero. Yo llegué el primero y me encargué de las primeras pesquisas. Tomé declaración a unos y otros, también al chico —me señaló—, pero yo no soy un investigador puro. Si me dicen dónde está un culpable puedo ir allí y detenerlo, pero mis funciones son más prosaicas. Yo regulo el tráfico en el cruce de la Santiña, allí me puede ver todas las mañanas en la entrada y la salida del colegio. Si yo veo a Madeleine McCann, lo primero que hago es parar un coche y darle paso para que cruce la acera.

—La investigación ya sabemos que la llevaron desde Madrid.

—Usted también sabe quiénes son, han salido en los periódicos varias veces. No sé a qué andarán ahora pero será fácil localizarlos, se dedican a investigar desapariciones. Imagínese no encontrarlos.

Julio Sardinas bebió un sorbito de té. Era la única persona que conocía que bebía té, y probablemente la única en aquella zona del mundo que no sólo bebiese té sino que supiese lo que era. Pero había traído un té en un termo y había que respetarlo. Sus sorbitos eran ratoneros, minúsculos, mojaba la boca brevemente y de esta manera el té permanecía brillando en sus labios.

—Yo conocí a Mai Lavinia cuando ya estaba saliendo con el hijo de Galvache, creo que llevaban poco tiempo. La conocí deteniéndola, porque a esa chica la vi cuatro veces en un año porque la tuve que detener las cuatro, no sé si me explico. Si la detengo un par de veces más me enamoro de ella —rio sin ganas, como si le obligase su propio ingenio—. Cuando no era yo, era un compañero, pero siempre aparecía yo porque Pepe Galvache es un gran amigo mío y a los amigos, si los delitos son minucias, se les ayuda.

Hizo una pausa un poco densa y, cuando parecía que iba a decir algo dramático sobre unos cuerpos que enterró con Pepe Galvache en el desierto de Nevada para ocultar un asesinato múltiple, bebió un sorbito de té.

—¿Sabéis la historia de cómo se inventó esto? —preguntó.

—La verdad es que no. ¿Cómo se inventó?

—Era por si lo sabíais, yo no tengo ni idea.

—Fue un emperador chino —Samu dejó pasar unos segundos para continuar—. Al parecer en aquella época era obligado hervir el agua para beberla, y un día este emperador estaba bebiéndola debajo de un árbol de té y le cayó una hoja. "Una ligera brisa de verano" —yo lo escuchaba con asombro, qué lista es la gente, hasta que esa frase llamó mi atención porque además de instruirnos se animaba a hacerlo con un poema, y cuando levanté la vista vi que lo estaba leyendo en el móvil.

—Le supo bien, entonces.

—Se conoce que sí, fue hace más de dos mil quinientos años.

—Ya ven —suspiró Sardinas—, una hojita del árbol del té se desprende de una rama, cae al agua y a diez mil kilómetros de distancia, dos mil quinientos años después, un agente de la policía local la bebe.

—La lame, más bien.

—El té es una filosofía, muchacha.

—Eso es verdad, conozco filosofías que caben en un pocillo.

— ¿Cuáles? —Samu se revolvió ofendido.

—Búscalo en el móvil. Pon "Berta Soneira filosofías detesta".

El primer día que Julio Sardinas conoció a Mai Lavinia no fue, sin embargo, la primera vez que la detuvo, sino la primera vez que ella ordenó detener a alguien. Ocurrió después de la noche en que, perdida en llantos, dijese en la pensión que su hija había sido secuestrada mientras la niña dormía al lado. A la mañana siguiente se plantó en las oficinas de la policía local de Xaxebe y un agente tomó nota de su denuncia: un hombre había tratado de secuestrar a su hija, Yulia. Al agente le pareció un delito lo suficientemente grave en aquel pueblo de paz como para avisar a Sardinas. «Me pareció una chica jovencísima para tener a una niña tan mayor, que ya caminaba. Muy elegante, como muy moderna. Los ojos, ¿verdad? Oscuros como piedras. Se sentó y me contó una historia sin pies ni cabeza: un tipo las llevaba asediando tiempo, a ella y a su hija, por eso había acabado aquí. Un tipo que paraba con los jipis en Mar de Fóra, un lugar de peregrinaje para creadores, caminantes y artistas, ya sabes, jipis», dijo Sardinas. Según la denuncia de Mai, el hombre se aprovechó de su confianza para hablar con ella en su habitación, en un momento dado cogió a la niña dormida y la puso en la silla y se la llevó. Ella no se lo impidió, dijo, porque temía que le hiciese daño. Se quedó en la habitación, llorando desconsolada, hasta que empezó también a gritar, despertando a su vecino de cuarto. «Le pregunté qué hacía la niña allí con ella poniendo la denuncia, si estaba secuestrada, y me dijo que el hombre volvió y la dejó donde estaba». Sardinas suspiró mirándonos, los labios mojaditos por el té. «Le pregunté por qué habría de secuestrar ese hombre a su hija, y me dijo que se la quería quitar; le pregunté si era el padre de la niña, si era un conocido suyo, si me podía dar una descripción, y me dijo que no era el padre de la niña, que era un hombre al que ella quería y que tampoco quería hacerle daño». Así que Sardinas, dijo, le puso a Mai Lavinia los hechos sobre la mesa: «Usted viene a denunciar a un hombre al que quiere, por haberse llevado a su hija y habérsela devuelto, y no le quiere hacer daño». Mai le dijo al policía Sardinas que el hombre volvió con la niña y la dejó en su cuarto porque tampoco le quería hacer daño a ella, a Mai («en el fondo me quiere, me quiere mucho»). Sardinas, impaciente, le preguntó qué hacía exactamente Mai aquella mañana en comisaría y qué quería de él entonces. «Recuerdo bien lo que me dijo porque lo dijo con una voz que helaba la sangre, y mira que estaba a punto de agarrarla de los pelos y sacarla de mi despacho. "Es que no quiero que vuelva a pasar", eso fue lo que dijo». Sardinas le pidió el DNI, le tomó los datos, formalizó la denuncia más extraña que se hizo nunca en Xaxebe y al cabo de tres semanas tuvo noticias de aquella denuncia: el DNI de Mai era falsificado, no eran verdad ni el nombre ni la fecha de nacimiento, y urgía la detención de la chica para aclarar aquel asunto. Quien tiene un pasado desconocido bajo sus pies nunca sabe cuál va a ser su siguiente paso, si lo podrá dar o lo darán por él. El periodista de sucesos Mago Sampedro, mi amigo Mago, fue a hacer la ronda a las oficinas de la policía local y Sardinas le contó el parte: «Nada de importancia, la chica que anda con el crío de Galvache llevaba documentación falsa, vete tú a saber». «Joder, qué raro». «Pues es que esa chica no está bien de la cabeza, o al menos algo le falla, no sé el qué pero algo le falla». «¿Y quién falsifica un DNI? ¿Y tú cómo se lo oliste?». «No olí nada, Mago, la chica vino a denunciar una historia de que le habían llevado a la niña una noche, pero se la devolvieron como estaba. Un tipo que la quiere y que no le quiere hacer daño, pero que se quiere llevar a la niña. Mucho tardé en detenerla a ella». Entonces Sampedro le preguntó cuándo había ocurrido eso, y Sardinas le dijo que el 31 de mayo porque la denuncia, ella, la había puesto el 1 de junio. Fue la noche en que la conoció Sampedro, recordó él, porque estaba en el Ranchito bebiendo y pasamos nosotros por allí, Mai y yo, y yo le presenté a Mai, y él se quedó varias horas más allí sentado, cerca del puerto, respirando el olor del Atlántico mientras bebía ginebra, y lo recuerda perfectamente, le dijo a Sardinas, porque después pasó por el mismo lugar la misma niña dormida en la misma silla, pero empujada por un hombre al que nunca había visto, que le cantaba una nana, que paseaba despacio y sin pinta de huir de nadie, así que supuso que era el padre de la niña, aunque le pareció demasiado mayor para serlo quizá por la madre, que era muy joven: las mujeres muy jóvenes hacen a los hombres muy viejos. Y Julio Sardinas empezó a sospechar en ese momento que

Xaxebe era un estanque al que había ido a parar una ballena cuyo esqueleto sobreviviría durante siglos, los suficientes como para convertir una historia de terror en un cuento infantil.

8. Girón

El día insólito en que la policía se presentó en casa de los Galvache, Lola abrió la puerta poniéndose a gritar como si fuesen testigos de Jehová, y Mai bajó las escaleras dando saltitos al enterarse de que preguntaban por ella. «¿Es por la denuncia que puse? Olvídenla, está todo arreglado. Ese hombre no se acercará más a mi hija, es un hombre bueno. ¡Un santo!», dijo con una sonrisa de oreja a oreja al ver a Sardinas. Pero el policía la sacó del error. «Es por usted, hemos comprobado que tiene un documento falsificado». Pepe Galvache se metió en medio diciendo que eso es una «cosa de críos», y que diferente sería si hubiese falsificado una tarjeta de crédito. Sardinas mantuvo el tipo a duras penas: «Debo llevarla a comisaría e interrogarla, Pepe». Galvache dijo su frase preferida («qué necesidad») y mantuvo sin ganas una discusión de las que no van a ninguna parte pero que uno mantiene por el qué dirán. Pepe Galvache entonces se movía bajo unas coordenadas sociales muy precisas que tenían en el qué dirán uno de sus ejes.

—Vamos a ser la comidilla del pueblo —decía al volante mientras se dirigía a Santi—. Yo ya no te digo que salgas con una chica que tenga dinero o que tenga familia, pero hombre, que al menos tenga nombre.

La caravana de coches de Punta Faxilda a comisaría fue una procesión en la que no faltaron ni los matrimonios echados a las ventanas de sus casas, los clientes de los bares saliendo a sus puertas y hasta un agente en cada cruce priorizando el paso del coche policial, como si llevase al Lute. Pese al sofoco, o precisamente gracias a él, Mai fue más feliz que nunca. Fingió tener una pierna en recuperación y exigió mantenerla recta en el coche, por lo que se acomodó en el asiento trasero, bajó la ventanilla y la estiró hasta sacarla fuera, si bien no la dejaron amarrarse un pañuelo rojo como pretendía. Detrás de ellos iba Pepe Galvache conduciendo su Mercedes y nosotros dos, Santi Galvache y yo, con él (recuerdo que sonaban en la radio los 40 Principales). A nosotros nos seguían dos coches más y otro en el que iba el alcalde Girón, al que Pepe Galvache mandó llamar en medio del escándalo. El mejor resumen de lo ocurrido aquel día lo hizo el agente Sardinas cuando, media hora después de tocar el timbre y rodeado ya por una turbamulta, dijo, revelando una pasión que nunca había hecho pública: «Esto parece Graceland el día de la muerte del Rey».

Esperamos fuera de la comisaría a que volviese Mai, y Pepe Galvache se quedó todavía un poco más para poder hablar con Sardinas y saber qué ocurría exactamente. Una cosa que no hizo entonces Pepe Galvache y no hizo nunca fue sospechar de Mai, o ponerse en los peores escenarios, o escrutarla hasta el infinito, cosa que, la verdad, haría cualquier padre. Pepe Galvache no era ese tipo de padre invasivo, pero tampoco era de los padres a los que les daba igual todo. Lo que ocurría no era él sino ella, el insólito encaje que había tenido Mai Lavinia en Punta Faxilda, similar al que había tenido entre nosotros, sus nuevos amigos. Mai no estaba en los márgenes, ni era el bicho raro del pueblo, ni nadie susceptible de ser señalado, aislado, acosado o etiquetado. Ésta, que a muchos les puede sonar rara, es la verdad, aunque el tiempo se haya encargado de deformar los recuerdos hasta proyectar una figura fascinante de Mai moviéndose por el mundo con sus propias reglas. No era así, nunca fue así. La gente sólo huyó de ella cuando murió; incluso después de la desaparición de Yulia mereció curiosidad y compasión.

En comisaría Mai defendió su documento nacional de identidad: «Nos dijo que no le gustaba su nombre y que por eso se hizo otro DNI», contó Sardinas, «y que de ninguna manera se iba a llamar María Isabel, que era el nombre de su abuela. Le explicamos que cambiarse el nombre lo hace mucha gente, pero no al punto de falsificar un DNI. Ella nos contó que se había hecho amiga en un centro de acogida de un tipo que conocía a otro que se encargaba de esas cosas, y que le pareció gracioso tener uno. Y que además no le apetecía que la buscasen». Le dijeron que podía hacer que la llamasen Mai Lavinia, firmar Mai Lavinia y hasta escribir Mai Lavinia en algunos papeles, pero oficialmente su nombre era otro y el proceso burocrático de cambiarlo, algo muy complejo. «¿Complejo?», dijo ella. Sentada en el despacho de Sardinas, frente a aquel hombre que le parecía terriblemente insípido, Mai cogió un rotulador negro y se lo llevó a la frente, donde escribió: «SANTI». Y salió a las puertas de la comisaría, donde la estábamos esperando todos. Pepe Galvache estaba tan desbordado por la situación que dijo: «Pero quién te ha hecho eso».

Es probable que el perspicaz Sardinas se acostumbrase a beber té tras conocer a Mai Lavinia. «Hay algo», dijo en el documental, «que le envidiaba mucho. Yo si quiero conocer a alguien que me falsifique un DNI no lo encuentro, disculpen la grosería, en la puta vida. Y soy policía, o sea que alguna chusma debería conocer. Pero nada. No es que no sepa hacer esas cosas, es que no sé ni cómo empezar. Por ejemplo: no tengo arma y no sé cómo conseguirla, ilegalmente desde luego, pero ni siquiera legalmente. Tampoco me dispararon nunca, y no sé qué se hace para que te disparen. Esa chica tenía dieciséis años, una identidad falsa y tres disparos en la espalda». Sardinas apretó los labios y enarcó las cejas, recordando con una melancolía que le salió del corazón: «Llegué a esposarla una vez y no sé decirte, fue como esposar una película».

«Me hace gracia», dijo por su parte el viejo Galvache, «porque, hasta que vinieron a llevarse a Mai, yo estaba quieto como un conejo. Me desbordaba la chica, y no tenía ni idea de cómo comportarme ante ella ni ante los dos cuando estaban juntos. Pero cuando la "tocaron" tocaron algo mío. Punta Faxilda es mía y lo que está dentro de ella es mi responsabilidad, es mi familia. Así que me enfadé un poco, pero tampoco mucho porque no quería que la policía se pusiese nerviosa y que el pueblo empezase a hablar que si yo esto, o yo lo otro».

—¿Qué es esto y qué es lo otro?

—El dinero, ya sabe. Era amigo del alcalde, era amigo de la policía. Las amistades de la gente como yo nunca son puras a ojos de los demás.

—¿Y lo eran?

—No, puras tampoco eran. Yo ayudaba en el pueblo, ponía dinero para las fiestas y apoyaba a los Girón; quiero decir, si a mí la grúa me llevaba el coche, le reventaba los cristales. Pero todo eso se sobreentiende, no hay necesidad de hacerlo ni lo haría nunca: basta con saber que puedes hacerlo. Yo soy un tipo del pueblo, mis abuelos son de aquí, mis padres son de aquí. Hice fortuna, y se sobreentiende que si yo ayudo al pueblo, el pueblo no me toca los cojones, ¿verdad? La cosa es: ¿hago yo algo para que me los toque? No. Aparco en mi sitio, obedezco las normas, no soy un retrasado mental, que esto último tiene mucho mérito en un pueblo así. Me basta saber que podría darme ciertas licencias, pero hay gente a la que eso no le basta, necesita comprobarlo.

—Yo tengo la sensación —le dijo Berta Soneira— de que usted estaba incómodo con Mai porque ella no le debía nada, y se puso en acción porque por primera vez vio la forma de ayudarla.

Pepe Galvache arrugó sus enormes cejas, y asintió: «Puede ser, puede ser. Pero "deber" es una palabra muy dura, yo no quiero que la gente me deba nada, pero estoy acostumbrado a ayudar, esa es la verdad». Luego se explayó:

—Mire, era una niña. Creíamos que de dieciocho años, pero tenía dieciséis. Usted no la vio. Era una niña, hombre. Estaba sin crecer. Y tenía una hija que había cumplido dos. Y no sabíamos nada de sus padres. Me puse en acción, primero, porque estaba sola y no tenía a nadie, y después de ese día, porque aquello no era normal. Por más que intentásemos que lo fuese, no lo era.

Berta Soneira preguntó: «¿A qué se refiere?».
Pepe Galvache se revolvió un poco, y dijo que empezó a preguntar por ella. «Del cielo no podía haber caído», resumió.

—¿Y averiguó algo?

—Poca cosa, que sus padres ya habían estado aquí al lado, en Mar de Fóra, con ella cuando era niña. Poca cosa, suficiente. Mi hijo era feliz, suficiente. Éstos —me señaló de repente— también, suficiente, y todo el mundo estaba bien, y había que seguir estando bien. Ya está. Yo esto ahora de revolver cosas de hace tanto, no lo veo. No hace bien a nadie, a nadie. Las cosas pasaron como pasaron. Si pasaron de otra manera y no ayuda saberlo, ¿lo querría saber?

Galvache encendió un cigarro. «¿Se puede salir fumando?». Berta Soneira dijo que claro.

—¿Tienes mozo tú, tienes novio? —preguntó Galvache.

—Soy bollera.

—Eso qué es.

—Que me gustan las chicas. Bueno, intento que me gusten —aquel arrebato tan sincero y tan tonto de Berta Soneira, perfectamente sobria, me hizo mucha gracia.

—Bueno, pues cuando terminen de gustarte y salgas con una, ¿te gustaría saber si te engaña?

—Si le gusta a ella saber si la engaño yo, sí —Soneira sonrió mirando para el suelo. De repente pensé que estaba guapísima. Llevaba un jersey de ochos y unos vaqueros muy flojos, el pelo recogido en un moño. Las gafas enormes de azafata del *Un, dos, tres.* No se creía ni ella que le fuesen a gustar algún día las mujeres. Se lo dije, bromeando, ese mediodía al comer. Dijo que mi comentario era una «verdad piadosa», y me dejó toda la comida pensando, callado.

Lo cierto es que Pepe Galvache adoraba a Mai Lavinia por la razón por la que los padres adoran a las parejas de sus hijos; los hacen más sumisos, más dúctiles, los acercan a algo llamado vida ejemplar que empieza con una frase destructiva: sentar la cabeza. Esto fue lo que le sugirió Berta Soneira a Galvache y Galvache no dudó en reconocerlo, si bien matizó que su hijo Santi siempre había sido un buen chico. «No me gusta eso de que se respete a la pareja de alguien porque le hace feliz; feliz también te puede hacer matar a alguien. Pero a una buena persona como mi hijo mayor (subrayó "mayor", en la grabación se oye sin duda, en referencia precisamente a los menores), enamorarse de una chica tan especial como Mai le hizo aún más obediente, más aplicado. ¿Más responsable? Más responsable. Como si estuviese completo, como si no hiciese falta más».

¿Huyen los que tienen documentación falsa, o persiguen? La pregunta la lanzó al aire Francisco Girón el día en que lo entrevistamos. Pidió ser grabado en su despacho de la alcaldía. Cuando llegó a la detención de Mai, contó que ese día le había llamado Galvache porque estaba allí la policía, y se acercó «a ver qué pasaba». No era la primera vez que lo llamaba, aclaró: lo había hecho días antes para preguntarle si había habido algún tiroteo reciente en la zona. «A Pepe lo pierden las películas de italianos», dijo Girón. «Del sur», añadió guiñando el ojo. Berta Soneira le preguntó por los perdigonazos que tenía Mai en la espalda y Girón respondió que había oído los comentarios que venían de la playa, y que él a la playa no iba nunca porque su piel no soportaba el sol. Pero no hubo ningún tiroteo en la zona que él supiese, y según lo que le habían dicho, las marcas de la espalda parecían llevar bastante tiempo. «Ah, entonces igual le metieron los tiros en la espalda cuando tenía un año», cortó Soneira.

Francisco Girón y Girón dijo que apenas recordaba nada del día que acabaron todos en comisaría, y en realidad «nada de casi nada» de los dos años que pasó Mai Lavinia en Xaxebe, algo que sorprendió a Soneira. Especialmente altiva o desesperada por las lagunas de memoria de Girón, le recordó que el día de la boda llevaba un año como alcalde, y en quince meses había desaparecido una niña y se había suicidado su madre.

—Han pasado veinticinco años —se revolvió él— y como alcalde.

—Pero usted qué está gobernando, ¿Macondo?

—No es necesario que se meta con nosotros. Es un pueblo tranquilo, pero eso no quiere decir que no pasen cosas.

—No me meto con el pueblo, al contrario. Da gusto vivir aquí, nunca pasa nada malo. El jefe de policía está tan aburrido que le gustaría que le metiesen unas cuantas balas en la espalda.

—No sé el jefe de policía los gustos sexuales que tiene, lo que le digo es que este pueblo es un pueblo turístico, viene mucha gente en verano, hay movimiento, y es seguro, es un pueblo seguro, pero no un pueblo aburrido. No confunda la paz con el aburrimiento, por ahí empiezan muchas desgracias.

—No confunda usted el olvido con la desmemoria, son cosas muy distintas.

Girón, nervioso, movía un bolígrafo entre los dedos.

—Usted —dijo—, quiere saber cosas muy exactas, detalles muy precisos.

—No, yo quiero saber lo que recuerda usted de cosas muy exactas y de detalles muy precisos.

—¿Por ejemplo?

Berta Soneira se tomó un segundo. Parecía nerviosa; se mordía un carrillo por dentro, un gesto que yo nunca le había visto hacer. De pronto sentí pena por ella, como cuando sientes pena por alguien que siempre te ha parecido muy duro, muy cínico, y revela un momento de debilidad. Allí estaba ella convertida en los grandullones humillados, los listos que siempre avasallaban y a los que de repente se les callaba la boca, los chulos a los que se les daba una patada en el culo, los guapos cansados de ligar que se quedan sin la chica que más les gusta porque se la levanta un feo.

—¿Le dijo Pepe Galvache que Mai tenía unas marcas en la espalda? —le preguntó Soneira al alcalde Girón.

—No, me preguntó si había habido algún tiroteo. Entendí por dónde iba porque a mí ya me habían dicho que la habían visto en la playa con esos buracos. Pero yo qué sé.

—Cuando Mai fue a comisaría, ¿su jefe de policía no le preguntó por esas marcas?

—No, no le preguntó.

Soneira levantó las cejas y volvió a la carga.

—El día en que detuvieron a Mai Lavinia por tener un DNI falso apareció en comisaría el hombre que había intentado secuestrar a su hija —dijo Soneira mirando un folio en blanco, como si se avergonzase de saberlo—. Yo estoy segura de que no lo vio, porque prefirió estar merodeando por la comisaría sin hacerse notar, pero sí que lo conocía.

Girón y Girón puso cara de extrañeza, pero sin sobresalto. «Recuerdo aquello», balbuceó. «Una denuncia porque alguien se había llevado a la niña, pero ella después dijo que era mentira, ¿no?».

«No exactamente», dijo Soneira. «Lo que dijo es que había sido una tontería denunciarlo porque era una persona que ella quería, y que él la quería a ella, y que quería lo mejor para Yulia Lavinia».

—Creo que así era. ¿Pero yo conocía a ese hombre?

—Claro que lo conocía —dijo Soneira—. Fíjese si lo conocía que yo me enteré por usted.

Girón se quedó mirándola con verdadera expectación. Hacía frío en su despacho y él parecía una estatua de cera en su gigantesca mesa colocada entre dos banderas, una de España y otra de Galicia. Apoyó los antebrazos en la mesa, y dijo una frase que sólo puede decir bien un alcalde, la frase que le da sentido a su oficio: «Usted me dirá».

Berta Soneira sacó de otra carpeta varios folios sujetos por un clip que resultaron ser fotocopias de recortes de periódicos antiguos y los dejó en la mesa. Francisco Girón miró de reojo a la cámara, por si había dejado de grabar y, como el piloto rojo seguía encendido, puso su mejor cara para leer reuniendo unas gafitas que le colgaban, partidas, en el cuello. Soneira mantuvo la cámara encendida, con Samu a su lado atento como un búho. Girón leyó varias noticias en alto, la mayoría del diario local en el que yo trabajaba. Eran de finales de los ochenta. Artículos aburridísimos sobre reuniones entre el ayuntamiento de Xaxebe, donde entonces era alcalde Máximo Girón y Girón, padre de Francisco, y una asociación de peregrinos de Mar de Fóra, un colectivo que, decían los periódicos, se había hecho deprisa y corriendo para defender sus derechos. ¿Qué derechos? Acampar en el lugar y vivir allí, formar comunas, hacer pulseras y collares para venderlos por la zona. Girón puso un dedo larguísimo y peludo, el más largo y peludo que tenía, como si quisiese tener un detalle con el documental, y señaló en la hoja del periódico un nombre, Ricardo Bernatellada, y una foto, la del propio Bernatellada con el alcalde de Xaxebe. «Vaya, sí, ahora me doy cuenta», murmuró. Un tipo alto y fuerte, Bernatellada, muy moreno, quizá gitano, del que contaba la nota que, como cuatro o cinco familias, vivía en unas caravanas en «la playa salvaje conocida como Mar de Fóra».

9. Yulia

Mar de Fóra era una playa a la que teníamos prohibido ir de niños. Mi abuelo decía «terminantemente prohibido», el único adverbio acabado en «mente» que le recuerdo, y desde entonces siempre que oigo la palabra me acuerdo de él y de la playa. Fui solo dos veces, una con Mai Lavinia y otra con Berta Soneira; la primera con diecinueve años y la segunda con cuarenta y cuatro. La playa seguía exactamente igual porque las playas envejecen más despacio que los bosques. La prohibición de ir a Mar de Fóra cuando era joven no se debía a la gente que iba y venía de allí según la época, y con la que no teníamos mala relación los vecinos del pueblo, sino a la naturaleza. Mi abuelo también decía que la naturaleza era peor que cualquier hombre, mataba infinitamente más, y sabía de lo que hablaba. No llegó a verlo, pero le hubiera espantado saber que el día de Reyes de 2014, frente al Atlántico, una familia de Valdoviño, a ciento cincuenta kilómetros de Xaxebe, fue a rezar por un familiar muerto un mes antes. Habían tirado allí las cenizas al mar, y el mar, con los cuatro reunidos junto al faro, rompió por sorpresa setenta metros de altura y se los llevó consigo; sobrevivió una chica agarrada a las rocas.

Cerca de casa naufragaron más barcos que en las costas de toda España juntas. Ha habido naufragios desde que el ser humano puso la primera tabla en el agua; todos los barcos que se pueda uno imaginar (naves romanas, galeones, veleros, submarinos, pesqueros, fragatas, buques de armadas extranjeras, mercantes o petroleros), de tal manera que en estas aguas hay miles de huesos, tesoros y naves hundidas desde la noche de los tiempos. El libro sobre la Costa da Morte del que Soneira no se despegó durante todo el rodaje relata el origen del nombre de la costa. Fue la escritora de viajes Annette Meakin quien, asombrada por las noticias en la prensa inglesa y madrileña de la cantidad de barcos que se hundían aquí, contó en un libro que los marineros de su país, obligados a pasar por esta ruta marítima para ir a América o Asia, la llamaban *Coast of Death*. «Es aquí donde las olas furiosas, creciendo como levadura, rompen sobre rocas medio escondidas y, alcanzando una fabulosa altura, caen sobre ellas con el ruido del trueno incluso con el tiempo más tranquilo. Es aquí donde los cadáveres de desafortunados pescadores son tan frecuentemente arrastrados a la orilla que los periódicos locales anuncian el suceso casi sin ningún comentario», escribió Meakin en 1909.

Los periódicos locales escribimos ahora de los sucesos con más comentarios que hace un siglo, pero ninguno de esos comentarios es más original que el silencio. El primer naufragio que cubrí como periodista fue en 1996. Tenía veintidós años y me despertó Adolfo Mago Sampedro para pedirme que me acercase a Cabo Fisterra porque había desaparecido una embarcación de siete metros de eslora llamada Planeta, que se había echado al mar el día anterior, 9 de abril, día grande de las fiestas de Fisterra, la romería del Cristo. Sampedro cuando llamaba desde la redacción bajaba la voz porque era la época gloriosa de José Antonio Ventín como director, el hombre que aborrecía la actualidad y sus noticias al punto de que ordenaba en la redacción apagar radios y televisores no fuéramos a enterarnos de algo; esa mañana de día festivo, sin embargo, estaba Mago solo en el periódico. Cuando llegué frente a O Centolo, una roca peligrosa que emerge entre las olas y ha hundido decenas de barcos, me impresionó el olor del agua, como si ante la amenaza de un nuevo naufragio el océano digiriese a los anteriores expulsando un olor que recorría los arrecifes traidores de las rías.

Ese día ocurrieron cinco cosas impresionantes. La primera es que dos parejas de novios que estaban en la zona oyeron gritos de socorro procedentes del mar pero no los atendieron porque, dijo el alcalde de Fisterra, mucha gente baja hasta la orilla a gritar para escuchar el eco. La segunda es que el primer cadáver que llegó a la arena fue el de José Santamaría Canosa, sepulturero del pueblo. La tercera es que, con la Guardia Civil sin saber qué había ocurrido, el cura del pueblo, Luciano Moreira Carracedo, nacido en Coristanco, publicó como quien no quiere la cosa en su hoja parroquial: «Al margen de nuestras fiestas, ayer parece que se producía una descarga de droga en las cercanías del Centolo. En la operación se hundió la lancha, se ahogó un hombre de Pontevedra y otro desapareció, y siguen desaparecidos otros dos de aquí. Lamentándolo todo, recemos por ellos»; la Guardia Civil, que descartó esa tesis, dijo: «Siempre le ha gustado dar la nota». La cuarta es que a las playas empezaron a llegar restos del naufragio, gasóleo, tablas de madera o chalecos salvavidas, y cuando yo paseaba por una de esas playas, Mar de Fóra, encontré entre las rocas, medio escondida bajo las algas y rodeada de tablas y bidones que el mar había ido dejando con el temporal de los últimos días, una tela que, por el dibujo, sólo podía ser del vestido de Mai Lavinia. La guardé para mí y no se la enseñé nunca a nadie y tampoco lo conté hasta ahora.

Mar de Fóra es una playa en la que nunca, tampoco hoy, ha habido socorrista ni chiringuito; para llegar a ella hay que recorrer caminando medio kilómetro tras aparcar el coche. No recuerdo desde cuándo se convirtió en improvisado asentamiento de la gente que acudía al fin del mundo, pero sí crecí en los años ochenta con el ir y venir de personas que a menudo se acercaban al pueblo o a Carnota, la localidad vecina, para hacer la compra básica. La única presencia documentada del padre de Mai en la Costa da Morte la teníamos por los periódicos que Berta Soneira había estado leyendo en la biblioteca municipal de Xaxebe, adonde desde 1983 llegaba un ejemplar diario de *La Hora*.

Ese día en el despacho de Girón supe que estar en la biblioteca era una de las cosas a las que Soneira dedicaba el tiempo libre. De la otra me enteré al salir de la alcaldía, cuando acabó la grabación: pasar un rato por las tardes en Mar de Fóra. Ya en la calle, me preguntó si la podría acompañar allí.

—¿Qué te ha parecido la entrevista? —quiso saber mientras íbamos en el coche.

—No tenía muchas ganas de hablar, no las tuvo desde el primer día —dije—. La entrevista más floja, pero no por tu culpa.

114

—Qué va, ha sido interesante.

—¿Por ejemplo? —pregunté.

Soneira se concentró en la carretera durante unos segundos, los segundos más tranquilos del viaje. Luego la desatendió de tal forma que hubo un momento en el que el coche parecía corregirse solo para no estamparse contra cualquier casa. Mientras, recordó que el día en que llegó ella a Xaxebe y fue a presentarse al alcalde, éste nos dijo que Mai se había topado con un problema «intrínseco» de los pueblos: la sospecha de no saber de dónde salía ella, que no se conociese a sus padres ni a ningún familiar. «Tener tenía, yo creo que de eso no puede haber duda, ¿verdad?, nos dijo haciendo ese humor de mierda que tiene este pobre hombre», dijo Soneira. Pero resulta, siguió contando, que Mai sí tenía, que se supiese, al menos un padre viviendo a unos pocos kilómetros de Xaxebe, y que no era un desconocido porque años antes de que llegase Mai acompañada de su hija al pueblo él había salido en el periódico varias veces por cuestiones menores. Y cuando Soneira le puso delante al alcalde Francisco Girón la foto de aquel hombre acompañada de su apellido, Bernatellada, igual que el de Mai, se sintió tan descubierto que respondió con naturalidad, «vaya, sí, ahora me doy cuenta», sin reparar en que pudo seguir fingiendo que no lo conocía, al fin y al cabo la imagen era de finales de los ochenta y el que aparecía en la fotografía con el padre de Mai era el alcalde Máximo Girón, su padre, no él. Pero la mirada fue primero a Bernatellada, hizo el correspondiente comentario y cuando reparó en que podía haber mentido, ya era tarde. «Si lo conoció a finales de los ochenta, que no es seguro, lo tuvo que conocer a principios de los noventa, cuando Mai estuvo aquí. Y si no lo conoció entonces, lo conoció luego. El caso es que él sabía quién era Ricardo Bernatellada, y también que Mai era María Isabel Bernatellada. La relación de la psicología con la mentira es asombrosa», resumió Soneira.

Hacía uno de esos días que convierten la costa en un milagro del que huir. Soplaba viento frío y llovía a intervalos. Me excitaba ese tiempo porque me gustaba estar en casa cuando hay una amenaza fuera y puedo sentirme protegido. Era algo que compartía con Berta Soneira, según me dijo, que sin embargo llevaba las cosas al extremo; para dormirse, por ejemplo, imaginaba naufragios. Los recreaba al detalle en su cabeza, inventándose a toda la tripulación, inventándose el barco, inventándose la mayor de las tormentas; pero el barco, grande y seguro, jamás se hundía. Ella se refugiaba en su camarote, que en lugar de ventana de ojo de pez tenía un gran cristal como pared: un cristal irrompible, hecho de un material tan extraordinario que ni todo el océano, concentrándose en una ola, podría romperlo. Soneira se metía en la cama y veía el mar azotando el barco con una fuerza tremenda, veía tiburones y orcas, y se sentía tan segura y tan en paz consigo misma que le empezaba a dar el sueño, y se dormía. Su sueño, me dijo, era tener una habitación del pánico en casa, un cuarto blindado y seguro, imposible de traspasar, y los pasillos llenos de ladrones y asesinos.

De camino a Mar de Fóra entraban agua y viento por la ventanilla rota del coche de Berta Soneira, y ella se convencía de que acelerar y luego reducir la velocidad subiría la temperatura dentro. «¿No lo notas?», preguntaba una y otra vez. Al llegar allí nos pusimos a pasear cerca del mar, tanto que el viento levantaba algunas gotas que sentíamos caer sobre nosotros, casi imperceptiblemente, como si fuese lluvia. Me preguntó qué me estaba pareciendo el documental. Le respondí que era extraño. Había muchas horas con la suficiente gente cercana a Mai como para recomponer con cierta fidelidad lo ocurrido no sólo el día de la boda, sino en los meses anteriores y posteriores, pero nada de eso se ocupaba de la desaparición de Yulia del mundo, sino del agujero dejado por su madre en todos nosotros. En un momento de su entrevista, recordó Soneira, Novás había dicho que era como si Yulia hubiese dejado el hueco en Mai, y Mai en nosotros, y que si nos pudiésemos asomar encontraríamos algo parecido a la verdad. Soneira no solía decir «la verdad» a secas y, de todas las fórmulas que utilizaba, «algo parecido a la verdad» era su preferida.

Entonces me preguntó por Yulia. Y yo me acordé de algo que decía Mai de ella, y qué era cierto: Yulia, como su madre, era inenfadable. Decía que las dos habían caído en la olla de la pócima mágica en la que cayó Obélix, pero en su caso para no enfadarse nunca, ni siquiera para «picarse» o molestarse mínimamente. Lo cierto es que, aunque suene bien, aquello daba bastante miedo. A la propia Mai le generaba ansiedad, sobre todo cuando pasaron las semanas, pasó aquel primer verano y empezó a tener a alguna gente en contra, empezó a haber gente en el pueblo que hablaba a escondidas de ella de forma justa a veces, pero injusta muchas de ellas. Y Mai, sin embargo, si se enteraba, no se enfadaba. Creo que tenía que ver con su educación, con sus complejos; creo que tenía que ver con una forma oscura y deslavazada de machismo. La sensación de que enfadarse era un privilegio al que ella no tenía acceso. Y Yulia, una niña de dos años, la empezaba a imitar de forma natural y por tanto más grotesca, bajando directamente la cabeza cuando, por ejemplo, le quitaban de las manos algo con lo que estaba jugando. Un niño patalea, llora; Yulia se resignaba.

—Cuando conocimos a Mai estaba orgullosa de ser inenfadable, solía dejarlo caer mucho. Sabía que era algo que la convertía en especial —dije.

—Especial es la palabra más tramposa de todas. Especial durante la primera hora es alguien diferente, guay, *cool*; especial, cuando lo eres siempre, es alguien con síndrome de Down —respondió.

En Mar de Fóra, donde estaba «terminantemente prohibido» ir, recordé otra expresión de mi abuelo, «bruta como un arado». Soneira sonrió y se giró hacia mí: «¿Te lo parezco?». Su melena corta volaba de un lado a otro y ella miraba a la arena para impedir que el pelo se le metiese en los ojos. Las manos en los bolsillos del abrigo del primer día, las botas del primer día, la mirada achinada, la voz siempre rascada por el tabaco. Las gafas que convertían sus ojos en ojos de topita. Cogió la delantera en el paseo, «sígueme», cuando empezaba a llover más fuerte y se alejó cincuenta metros de la orilla, subió una pequeña duna y dijo: «Yo creo que acampaban por aquí, o aparcaban la caravana, lo que hiciesen», en referencia a los antiguos peregrinos que habían vivido allí, entre ellos el padre o los padres de Mai, y suponíamos que la propia Mai. «Es un lugar privilegiado para ver naufragios», dijo.

Intenté recordar más cosas de Yulia para decírse-
las, pero no pude; no había podido tampoco durante
la grabación de mi entrevista para el documental. Lo
que supimos de Yulia Lavinia lo supimos después,
cuando hubo interés por ella. Era una niña de pelo y
ojos castaños, y tenía las manos siempre calientes,
razón por la cual Santi Galvache la llamaba «estufi-
tas». Mai nunca hablaba de su padre, ni mencionaba
la mera posibilidad de que para tener una hija hubiese necesitado a un hombre. Tampoco era un tema
tabú; era divertido preguntarle quién era el padre de
Yulia porque respondía siempre disparatadamente sin
repetir nunca un nombre: «Juan Pablo II», «Emilio
Sánchez Vicario», «Jorge Sanz»; la broma la zanjó Yulia un día cuando preguntó «qué era un padre».
Siempre nos pareció una niña demasiado retraída y
callada, muy tímida, y aunque después de su desaparición contamos que fue soltándose a lo largo del
año, en realidad no se soltó nada; tenía miedo de
todo y de todos, no se separaba de las piernas de su
madre y tenía pesadillas, algo de lo que nos entera-
mos por los Galvache porque Mai jamás hizo referencia a ellas. No hacía nada, no hablaba mucho,
tampoco se reía especialmente; ni se enfadaba ni se
alegraba ni sabíamos muy bien lo que le gustaba, por
tanto no le comprábamos muchas cosas. Gominol-
las, eso sí: nubes, moras y tanzanitos. Bromeábamos
con Mai diciéndole que la niña siempre se estaba
muriendo de hambre, aunque realmente había días
en que sí se le olvidaba darle de comer, y éramos
Santi, o Lola, o Novás o yo, los que le preguntábamos a la niña si había comido, y ella decía que no
con la cabeza. «Pero Mai, ¿esta niña no comió?».

«Que sí, pero tiene hambre todo el rato, dadle algo si queréis». En los últimos tiempos, cuando Mai perdía pie, cuando Mai pasaba por alguna de sus crisis, podía ser brusca y desagradable incluso con Yulia, tanto que ni siquiera lo atenuaba el hecho de que lo fuese con los demás, al fin y al cabo ella era su hija, y estaba sola, no tenía a nadie más que a su madre, y en lugar de enfadarse, revolverse o deprimirse, se resignaba; se callaba y cogía la mano de cualquiera que se la ofreciese, casi siempre Santiago Galvache, Martín Novás o yo.

Yulia fue, sobre todo, una cara en el periódico. El rostro de un destino fatal: secuestro o asesinato. A esos rostros no les da tiempo a formarse, nunca se terminaron de hacer. Era un principio, una hebra.

Habían pasado veinticinco años y ella había cumplido tres cuando desapareció; en realidad, cuando desaparece alguien que existe tan poco tiempo, los que desaparecen son los que han existido alrededor de ella.

Cerca del lugar, en la duna junto a la playa de Mar de Fóra, se conservaban unos círculos concéntricos hechos con piedras que están consagrados a la serpiente celta y que llevaban allí siglos, lugar de destino habitual de turistas o estudiosos. Una estructura simple, inquietante, que habla de la continuidad del tiempo con la imagen del uróboro, la serpiente que engulle su propia cola dibujando un círculo con su cuerpo. «El ciclo eterno de las cosas, también el esfuerzo eterno, la lucha eterna o bien el empeño inútil, ya que el ciclo vuelve a comenzar a pesar de las acciones para impedirlo», leí al llegar a casa. Ya la había visto con Mai el día en que fuimos allí, aunque ella fue más simple: «El animal que se mete la cabeza por el culo».

Berta Soneira se sentó allí mismo, encima de lo que fuese aquello. No podía estar cómoda, pero fingió estarlo los dos minutos que aguantó. «¿Qué hacía Mai en Xaxebe, perseguía o escapaba?», dijo. «En cualquier caso», añadió, «qué tontería que estemos aquí los dos hablando de esto cuando somos las únicas personas que vamos a saber la verdad». Y dijo «la verdad», sin más, y casi me dio más miedo eso que el hecho de que ella la supiese.

10. Lola

El noveno día, una mañana espantosa de frío y lluvia que hacía ruido de tornillos al caer encima del coche, volvimos a subir a Punta Faxilda para grabar a Lola, la mujer que consagró su vida a los Galvache cuando murió, borracha al volante sin tener culpa alguna, María de la Luz Castaña, La Castañuelas. Costó trabajo convencer a Lola no tanto por ella, vieja y pizpireta, con ganas de «salir en la tele», sino por Pepe Galvache, que creía que su exposición podría generar burlas. Lo decía por la manera de expresarse de Lola, una mujer sin estudios («qué estudios va a tener para sí misma quien pasó la vida estudiando para los demás», resolvió Santiago cuando le contamos las objeciones de su padre), y por su presencia en pantalla, que Galvache calificó, después de buscar durante medio siglo la palabra, de «inadecuada». A menudo uno encuentra una palabra que no oyó en la vida, o la aprende por sí mismo, sólo por el mero hecho de necesitarla de la manera más urgente e insólita. El viejo Galvache se refería a una serie de llamativos tics que tenía Lola, tics lo suficientemente agresivos como para ser diagnosticados como síndrome de Tourette si tales cosas importasen en la época en la que aparecieron. Lola lo llevaba con una naturalidad aplastante, pero el resto del pueblo, sin embargo, se tomó tan a pecho su síndrome que la defensa de Lola era una causa unánime y pobre del que hiciese chanza. Como ocurre con el tonto del pueblo, que se detecta nada más llegar porque todo el mundo lo rodea para defenderlo, pero con la persona más lista del pueblo por unos tics tan escandalosos que ella misma a veces tenía que hacer una pausa para morirse de risa.

Hace veinticinco años Lola era una mujer menuda, rechoncha, extraordinaria cocinera a la que durante nuestra adolescencia le poníamos la cara de la tía Fanny de Los Cinco, algo impresionante porque nadie tenía ni idea de qué cara era ésa. Llevaba la casa de un hombre ausente y tres chicos, uno bien encauzado (Santiago) y dos demasiado conscientes del dinero de su padre, por tanto imbéciles: Rita y Delfín Galvache. Los quiso a todos por igual, a diferencia del padre, y hasta los Galvachitos, como eran conocidos en el pueblo, dejaron de tratarla como a una asistenta cuando se enteraron de que lo era, y la quisieron siempre como a una madre, la única que tuvieron, que es lo mismo que decir la única madre que recordaban. Hubo una larga época en casa de los Galvache en que esa mujer contrahecha, moviendo la cabeza súbitamente sin ton ni son de un lado a otro haciendo escorzos tremendos, abriendo y cerrando la boca como un pez espasmódico, era el orden, la armonía y la autoridad; verla, y verla de ese modo, era saber que las cosas estaban controladas. El interés de esta entrevista era el de que, a juicio de Soneira, detrás de todos los crímenes está el ama de llaves: a veces señalándolos, otras veces ocultándolos. Colocamos la cámara en los jardines de Faxilda, con el Bosque de los Recuerdos detrás, lo que provocó la observación irónica de la anciana

Lola: «A Pepe lo grabasteis dentro y a mí fuera, veo que tenéis todos los detalles en su sitio».

El tiempo la había tratado mal. Lo hizo constar en un momento de la entrevista, a propósito de su antigua juventud (para nosotros nunca fue joven, nadie lo es cuando está al servicio de uno), en una frase parecida a ésta: «No pasan igual veinticinco años para la mujer de la limpieza que para el señor al que limpia». A esa cita, tercer o cuarto recordatorio de su posición social, le respondió Soneira sugiriéndole que podía integrarse en una lista electoral en Xaxebe, «para lo cual veríamos la posibilidad de hacer otro documental, pero no éste». Lola se mordió la lengua haciendo varios círculos con la cabeza mientras subía y bajaba el hombro derecho. Recordé algo de cuando era más joven y más vigorosa, ese mecanismo tan suyo y de tantas mujeres, como mi abuela: la sensación de dominio sobre la casa, no exactamente de posesión pero sí al menos para disponer el uso y destino de algunos de sus elementos, especialmente en todo lo que atañía a los utensilios de limpieza. Se enfadaba, y no teatralmente, si alguien se ponía a usar el fregadero o recogía la mesa o simplemente iba a por la escoba para limpiar los cristales de una copa rota; no porque le apeteciese hacerlo a ella, sino porque siempre hacíamos algo mal, aunque fuera mínimo: había que barrer de afuera adentro, el plato fregado no se colocaba ahí, la mesa había que empezar a recogerla por otro lado. Cuando el último de los chicos Galvache se fue de casa, Lola se quedó en el piso de A Coruña y la casa de Xaxebe como un fantasma, y se le daba por empezar a beber a media tarde y terminar las noches maquillándose, o tratán-

125

dose de maquillar, mientras bebía una copa gigante de vino. El espectáculo, en medio de la ceremonia de tics, era fascinante, y más de un día cuando acabábamos en casa de Santi tras una noche de marcha la encontramos durmiendo sobre una butaca alta en medio del salón, como si estuviese en una discoteca, con la cara pintada como el Joker y lamparones de vino en una blusa con volantes. «No puedo querer más a esta mujer», decía Santi, que la subía en brazos para dejarla en cama, sesenta años que debía de tener ella entonces. Al día siguiente Lola nos despertaba a gritos y nos hacía los desayunos preguntándonos enfadadísima a qué hora habíamos llegado, por qué bebíamos tanto y si no nos daba vergüenza. Lo hacía con la cara lavada, desmaquillada y oliendo al suavizante de la ropa recién planchada, o sea que algo sabía.

Pepe Galvache pagaba por las virtudes de Lola para presumir de ellas fuera de casa como si fuesen suyas. El día en que llegamos a entrevistarla estuvo merodeando por los jardines como una bestia sin apaciguar. Lola, para él, se había ido convirtiendo en una especie de mascota, una mujer a la que pagar con humanidad los servicios prestados. La quería a la manera bruta con que quería Pepe Galvache las cosas; desde hacía unos años había contratado a una chica para que hiciese las labores del hogar, algo que espantaba a Lola pero contra lo que no podía hacer nada porque su cuerpo daba para un día, pero no para el siguiente. Eso sí, el día anterior a que llegase la nueva chica, la vieja Lola reunió todas las fuerzas que le quedaban y pasó ocho horas limpiando la última mota de polvo de Punta Faxilda hasta llegar a podar el jardín, algo tremendo porque, contó Galvache, hacía más ruido Lola que la cortadora de césped. El viejo le preguntó por qué hacía eso y ella contestó: «La persona que entra en esta casa se tiene que llevar buena impresión». Fue recibida la nueva con honores de inspectora de Hacienda a quien Lola le entrega los papeles del último medio siglo sin ninguna irregularidad; acabaron bebiendo juntas una botella de Martini sentadas en el alféizar de la ventana que da al porche trasero, «y aún menos mal que a Loliña no le dio por maquillarse y maquillar a la otra», dijo Pepe Galvache antes de que Lola llegase a la grabación.

Lo hizo bajando las escaleras con esfuerzo y, al dejar atrás el último escalón, dijo que ahí había visto por última vez a Mai Lavinia. «Marchó y no volvió». Berta Soneira, impaciente, pidió que no hablase hasta que no estuvieran bien colocados el micrófono y la cámara, pues a Lola, con la edad, le empezaba a costar hablar, no digamos ya repetir lo dicho. Así que sin preámbulos contó al principio el último día de Mai, aquel en el que Mai cantaba «Lola» de The Kinks y bajó a la playa a perderse para siempre en el mar. «La noticia de su muerte fue horrorosa, porque tampoco fue muerte ni nada, como la hija», dijo. Recordó que aquel día Mai se cruzó con Santi, su marido, en el pasillo de la planta superior de casa, y Santi le dijo que iba a salir a pescar. «Y cuando empezaron a llegar las voces de que la habían visto perderse en el mar, y venga todos los servicios de búsqueda bajando a la playa, con los buzos y los socorristas, yo sólo pensaba "mi madriña mi Santi el susto que se puede llevar como suban redes pensando que es un lubión"». Pepe Galvache chasqueó la lengua, copa de tinto en mano, sentado mientras se hacía el indiferente a diez metros de nosotros. Soneira lo fulminó con la mirada mientras Samu daba el «okey»: la grabación podía seguir. Reparé entonces en que el lugar donde nos encontrábamos era el mismo que el de los discursos de boda. No los hubo en la iglesia, donde la ceremonia fue cortísima no por petición de los novios, que de todos modos estaban encantados con la brevedad, sino por el sacerdote, que se olía el paño. La noche anterior medio pueblo permaneció en vela porque Mai Lavinia decidió, horas antes de su boda, probar el alcohol, raparse un lado de la cabeza para hacerse un peinado especial y cantar en la ceremonia. Las tres noticias salieron de un bar a media tarde y pronto empezaron a correr, cada una a su velocidad según el foro al que llegase, por el resto de bares y luego calles de Xaxebe, parándose en las plazas, colándose en las cocinas y los lavaderos, en los talleres de reparaciones de coches, en el club de jubilados y hasta en el bar de Raimunda, donde la pobre Raimunda dijo a uno que leía la prensa: «Mira a ver si falta algún recorte».

Se supo que probó el alcohol, vaya si se supo, y que se rapó la cabeza pero sólo hasta la mitad, radicalmente, pasándose la máquina con la delicadeza de un cirujano, y le quedó un peinado precioso y modernísimo porque tenía el pelo denso y rizoso. «Parece la carpa de un circo», dijo Suso Miñoca al verla entrar en la iglesia del brazo de Pepe Galvache. Y como nada se sabía del momento elegido para cantar, el sacerdote, que sospechaba que Mai y Santiago se habían presentado a la boda sin dormir, creyó que igual consideraban que la apuesta seguía en pie.

—A mí me marea que la gente cante en mi iglesia —declaró el cura en el documental—, así que los casé cagando hostias. ¿Y no dice ella en bajito, echándome encima todo el JB, no sé qué de los discursos? "Los discursos a tu puta casa", pensé yo.

—¿En esas ocasiones, por ejemplo, quién se ocupaba de Yulia? —le preguntó Berta Soneira a Lola.

—En qué ocasiones, ¿cuando se casaba?

—Cuando no estaba con la niña.

—Es que Mai tenía muchas formas de no estar con la niña. Pero físicamente no se separaba de ella, o intentaba no separarse nunca.

—¿A qué se refiere?

Lola miró a Pepe Galvache, sacando su mirada de plano, pero Pepe Galvache había apretado su boca de labios gordos, arrugándolos mientras miraba al frente. Lola hizo una ronda de tics, a cada cual más violento, y después de abrir y cerrar los ojos compulsivamente abrió la boca: «Decían que si le perdió la felicidad, pero yo creo que le perdió la cabeza o que la cabeza estaba perdida de antes. La gente se pone muy nerviosa con las cosas del cerebro, buscan lo que sea para explicarlas».

—¿Por qué decían que le perdió la felicidad?

—El tiempo bien no le sentó. Esa chica tenía que estar en tratamiento, y seguro que lo estaba, y aquí dejó de estarlo. A mí me parece clarísimo.

Una de las leyendas más hermosas que se contaron tras la boda de Mai Lavinia y Santiago Galvache es que el amor la llevó a la locura, la locura a perder a su hija, y la pérdida de su hija al amor por ella, y el amor por ella, que había desaparecido, finalmente a la muerte. No se consideró mínimamente una enfermedad genética que fluctuaba según los acontecimientos porque había que disfrazar el horror aunque fuese dándole una forma épica, como si la mente estropeada de Mai Lavinia fuese una atracción de feria en la que descubrir emociones intensas, no todas ellas buenas, pero emociones al fin y al cabo, que terminan cuando uno se baja de ella.

Lola se llamaba Sagrario Astudillo y era de Zamora; nació de madre gitana y padre payo. «Me puse Lola porque odio que me llamen Charo», dijo. «Te dije mil veces que Charos son las Rosarios, no te iban a llamar Charo te pusieses como te pusieses», le rebatió Galvache. «Por si acaso». Ella, dijo con orgullo, era merchera, que es como se les llama a los hijos de un progenitor payo y otro gitano. También dijo que por eso se había entendido tan bien con Mai, porque ella creía que era merchera también, pero Mai nunca hablaba de sus padres, ni del padre de Yulia, ni prácticamente de nadie que hubiese tenido un hijo en algún momento de su vida. «No había quien le sacase nada. Estaba peor de la cabeza cuando estaba cuerda que cuando estaba loca», dijo. El viejo Galvache, incómodo durante toda la entrevista, se llevaba las manos a la cabeza cuando Lola hablaba tan claro, a veces de forma tan temeraria; a Berta Soneira, sin embargo, le divertía aquello. Yo lo pasaba mal por el viejo Galvache: sé lo que son las casas en las que la enfermedad mental, la heroína o la soledad jamás se mencionan por distintos motivos, todos relacionados con el estigma. Al no nombrarlos creen que los espantan aun teniéndolos delante, y funciona hasta que la bomba explota, casi siempre con violencia.

Berta Soneira le preguntó a Lola por los tres momentos que recordase con más intensidad de Mai Lavinia. Lola, súbitamente feliz, dijo que eran muchos, «casi todos, incluso los peores», pero que ella recordaba, por ejemplo, el día en que Mai llegó a Punta Faxilda ya no como visita ocasional, sino como residente. Salió del Mercedes de Galvache como una actriz de Hollywood, estirando muchísimo una pierna desde dentro de una gabardina cerrada con botas altas, y al poner los dos pies en el suelo dijo: «Vengo en calidad de primera dama». Era toda curiosidad y desprendimiento («soy generosa porque no tengo nada», me decía, «así que para nosotras es más fácil»), y traía consigo una mochila de excursionista que no le pegaba nada con la ropa («por eso me la lleva Santi») y la silla de la niña, además de la niña, colgada de la mano como ropa del tendal. A Lola le pareció una mujer tan cínica como delicada, una luz bellísima y frágil que se interrumpía por cualquier cosa: la luz de los mundos que se extinguen despacio y se esfuerzan por dejar el mejor recuerdo antes de apagarse del todo, la décima de segundo en la que se enseña todo lo bueno y sagrado que hubo en el mundo e incluso aquello que habría sido posible de continuar con vida.

El segundo momento fue una tarde que pasó, por sorpresa, con ella en la cocina. Todos se habían ido a la playa, también Yulia con Santi. Era ya una tarde de principios de agosto y hasta entonces, recordaba Lola, Mai se había hecho querer en Punta Faxilda y Xaxebe por su encanto y extravagancias, sin que una virtud supiese de la otra. «Todo lo que tenía, si se lo dabas o se lo ganaba, lo regalaba al instante, también la ropa que algunas vecinas con hijas mayores que Yulia le daban». Se dedicaba a pintar cualquier cosa que recogía por la calle, tubos de cartón o simplemente cartones, y luego aquello lo vendía por las terrazas, en el paseo marítimo o a veces también se iba a los pueblos de los alrededores, Carnota, Lira o Fisterra, y eso le daba para comprar tabaco y trapos en el mercadillo con los que se vestía como una diosa. También escribía poemas, ni Lola ni nadie sabría decir cuáles ni de qué tipo, aunque se conservaba uno que apareció en su cuarto tras su muerte que decía: «El yo que acecha tras el yo / debería asustarnos mucho más. / Un asesino oculto en nuestra Casa / no es tan terrorífico», y esos poemas los vendía por algunas pesetas, lo que le diesen. Como era novia de Santi Galvache no hacía cosas de pobre, sino de jipi, del mismo modo que cuando perdía los estribos no hacía locuras, sino excentricidades. Esto no era cosecha de Lola sino del viejo Galvache, que gustaba de recitar un dicho: «Cuando se emborracha un rico, qué gracioso está el señore. / Cuando se emborracha un pobre, todos le llaman borrachone». A veces volvía a casa con alguna denuncia del ayuntamiento vecino, pero la mayoría con nuevos amigos o amigas, a los que invitaba a refrescos o cervezas en Punta Faxilda, presentaba al grupo de Santi, a nosotros, y despachaba antes de que se quedasen a dormir en casa. Lola estaba fascinada con ella porque era un ser salvaje, y en ese salvajismo era milagrosa su atención a Yulia, la apasionada dedicación que en su adolescencia prestaba a la crianza de la niña. Incluso en sus «momentos de creación», cuando se estiraba en la alfombra a pintar o escribir, como en sus momentos comerciales, cuando distribuía el producto, la tenía encima, a veces incluso literalmente, sobre la espalda como un monito. La niña era agua que se le escurriese entre los dedos y Mai, momentos después, notaba las manos mojadas pero no recordaba por qué. Esa tarde de principios de agosto Lola la pasó con ella enseñándole recetas en la cocina, preparando alguna, y luego Mai decidió que necesitaba un respiro y Lola la mandó a fumar fuera de la cocina. Al rato fue a buscarla y la encontró en el salón echando el humo muy arriba y siguiéndolo con la mirada, hasta que hubo un momento en el que giró la cabeza sobresaltada, muerta del susto, porque creyó que una voluta de humo era una persona que había cruzado rápido el pasillo. Y luego otra vez, y luego otra. Le decía a Lola: «Qué susto, parecía alguien», hasta que la tercera vez, el tercer susto que se llevó con su propia voluta de humo alejándose, le dijo a Lola que había alguien en casa, que no era el humo, sino alguien que aparecía y se escondía. Y aunque hasta ahí todo regular, porque no era la primera vez en la que Mai dejaba ver que alguna cosa estaba rota por dentro, dijo Lola que cuando la miró, cuando por fin pudo posar su mirada en la de ella, vio que en sus ojos no había ninguna luz, vio que en sus ojos estaba todo muerto de repente, interrumpido, y jura que nunca pasó tanto miedo porque «tal parecía que otra persona se había metido dentro de su cuerpo, y no me preocupaba quién era esa persona, sino dónde la había metido a ella, si estaría en algún lugar pasando miedo, si la tenían escondida, si estaba sufriendo en algún sitio viendo lo que hacía la otra».

El tercer momento que Lola recordaba con más intensidad de Mai Lavinia ocurrió a los pocos meses de perder a Yulia, cuando Mai empezaba a inflarse por las pastillas, apenas salía de la habitación para pasear como una zombi por el pasillo de Punta Faxilda y pasaba días sin abrir la boca; los días en que parecía absolutamente resentida con la casa, del viejo Galvache para abajo, incluidos Lola y su marido, y medio pueblo era objeto de comentarios ácidos cuando no algo peor, brutalmente crípticos, la clase de comentario de quien parece ser Dios y saberlo todo de todos. De todos esos días recordó Lola cómo uno, de mañana muy temprano, con la casa dormida, la vio leyendo un libro («¿qué libro?, ni idea») y levantó la cabeza y dijo Lola que encontró la mirada de entonces, los ojos vivos de la Mai Lavinia que conoció al principio, y Mai dejó de leer y le empezó a contar un día normal de su anterior vida, antes de Xaxebe y de la locura, un día en el que, como siempre, discutió con sus padres por la mañana en su piso de Barcelona, decidió no ir al instituto y pasó las horas con varias amigas, «marginales, porreras, medio punkis, nada guapas pero, a pesar de eso, muy buena gente», comieron unos perritos en el Born antes de subir paseando a Gràcia («nos dábamos unas caminatas tremendas»), allí bebieron unas latas de cerveza con pesetas que consiguieron tras pedir en la salida de un súper, y cuando atardecía («esos colores tan bonitos que sólo hay en calles estrechas a mí me encantaban») y Mai pensó en volver a casa, se empezó a sentir mal y les dijo a sus amigas («dónde estarán ahora») que se mareaba, así que la ayudaron a sentarse en un banquito de la Plaça del Nord y allí, más tranquila pero terriblemente cansada, entendió de repente lo que ocurría, y qué era aquello tan raro que le había pasado en las últimas semanas. «¿Estás mejor?», le preguntaron sus amigas. Y ella, que a diferencia de sus amigas punkis iba vestida como una diosa («te lo digo ahora, Lola, la-la-la-la-lola: minifalda, botas muy altas y chaleco de ante»), dijo: «Voy a tener una hija». «Cuando encuentres el amor de tu vida», le dijo una, y ella la miró, aquella mirada compasiva, y dijo: «Pues ya se puede dar prisa, porque estoy rompiendo aguas».

—De todas las historias fantásticas que contaba de cómo había tenido a Yulia, ésta me pareció la mejor —dijo Lola.

11. Santi

El documental sobre la desaparición de Yulia Lavinia se iba a titular *La niña que dejó de crecer*, pero los productores no estaban de acuerdo y reclamaron algo más comercial y menos poético. Que el título fuese prácticamente un verso resultó una ironía; el único lirismo que había en las dos horas que duró el metraje final de Berta Soneira fue ése y, una vez que se acababa de ver el documental, ni siquiera eso era ya un lirismo. Lo vi varios meses después, cuando Berta Soneira ya había tomado la decisión de no entregarlo con el correspondiente escándalo. La sucesión de nuestros rostros fue impactante: nosotros sí habíamos crecido. Lo habíamos hecho a pesar de que nunca volvió a darnos el sol como entonces, de que nunca volvimos a nuestro lugar de la playa de Barrosa, ni a la cala de los botellones, ni al faro del muelle; no al menos juntos. No volvimos a ser amigos, ni todos ni entre algunos de nosotros salvo Santi y yo unos pocos años más, y si alguna vez se encontraban dos por casualidad se producía una conversación tan lastimada por el suceso que apenas daba para unos balbuceos, señales desconcertantes del apuro monstruoso que estábamos pasando. ¿Quién sabía? ¿Qué sabía el que sabía? Las amistades soportan confesiones y secretos, pero jamás soportan la duda. Se toma distancia tanto si se prefiere saber como si se prefiere no saber.

Mientras en el documental mis examigos hablaban recordándose y recordándonos, yo los veía perfectamente veinticinco años antes y me veía a mí, y era como si nos hubiese atropellado un avión en medio de la pista; un avión que nunca llegó a despegar. Novás conservaba la belleza y su cuerpo no había sufrido muchos daños (seguía haciendo ejercicio a diario) pero aún tenía lo que su mujer llamaba «ingenuidad», que no era más que una profundísima ignorancia respecto a cualquier cosa; ignorancia que curiosamente envolvía en silencios cuando tenía veinte años y que ahora, camino a los cincuenta, publicitaba con desenfado. Suso Miñoca, Susiño, un niño espigado de apenas diecinueve años, pelo rizo y oscuro cortado en maceta, los pómulos salientes y la piel chamiza, era un hombre de cuarenta y cuatro años castigadísimo por el sol del océano, marinero, exdrogadicto, desvalido. En cuanto a Santiago, ya no era verano cuando lo veía. Durante su adolescencia y juventud, Santiago Galvache había pasado todos los fines de semana en el pueblo. Su vida y sus amigos estaban aquí más que en A Coruña. Supongo que a su padre y a él Xaxebe les recordaba el verano. Las calles, las fruterías, los bares, las playas y los amigos; la asociación de todo ello entre junio y septiembre en los Galvache, Pepe y Santiago, era tan fuerte que no sentían el frío. Escapaban aquí siempre que podían. En el pueblo padecían el síndrome del verano perpetuo y, gracias a ellos, los fines de semana del resto de estaciones también tenían algo de verano. Su cara en primer plano era el primer fotograma del documental, y lo primero que pensé es que ya no hacía calor al verlo. Ya era, cuando estaba él delante, la estación que tocase.

«Mai Lavinia era mi mujer» fue la frase elegida por Berta Soneira para abrir el documental. La pronunció Santiago Galvache el décimo día de rodaje, para el que vino a propósito; un día de niebla y frío, tan oscuro que sólo hubo luz unas pocas horas. Como hacía poco viento, Soneira propuso rodar en Mar de Fóra, por lo que necesitamos contratar a dos asistentes del pueblo que cargasen con un equipo de iluminación que Samu creyó que no llegaría a usar. El documental se abrió con un primer plano de su cara y, al verla a toda pantalla, sentí que en cada surco de ella, cada arruga de expresión, cada tristeza acumulada alrededor de los ojos, cabíamos todos. Ya no teníamos veinte años, sino cuarenta y cinco. Una cosa era comprobarlo en persona, bajo las leyes de la naturaleza, y otra muy distinta en el cine, bajo cualquier ley.

Santi había hecho su vida en Madrid, o más bien en los alrededores de Madrid, en uno de esos chalés adosados en los que alguien quiere uniformarse a toda costa para no llamar la atención porque en el pasado mató o le mataron a alguien. Conservaba su famoso pelo, si bien cano en algunos mechones, y casi toda la barba, que nunca había llevado hasta que cumplió los treinta. Con el tiempo, la bondad se había convertido en debilidad, y su aspecto sano y musculado, natural de joven, en una forma de obsesión. Trabajaba en banca privada, jugaba al tenis, hacía ese tipo de cosas. Yo llevaba muchos años sin verlo, pero le guardaba cariño; el tiempo lo había depositado en donde siempre había aspirado a estar: un lugar en el que no molestar y poder ser feliz los domingos. De alguna forma Mai lo aupó durante dos años en una especie de estrellato tan incómodo que sólo podía pasarlo por alto estando tan enamorado como estuvo. O quizá, pensándolo bien, se enamoró porque Mai lo sacó del cartesiano y modélico orden con que había organizado su futuro. Y las bendiciones de Pepe Galvache a una relación tan insólita se debían a que había visto a su hijo como podría llegar a ser, de haberlo intentado. Duró lo que duró Mai, o más bien la salud de Mai, y cuando Mai se acabó y en ella ya no podía haber luz o vida, igual que ya no hay luz ni vida en Marte, Santiago Galvache se ensimismó para regresar al excel anterior y asumir, con modestia autodestructiva, que su lugar estaba en un chalé adosado de las afueras de Madrid, trabajando a todas horas como un burro para poder hacer una barbacoa los domingos e invitar a los López, a los García, a los Martínez o a algún matrimonio con un apellido sin sobresaltos y camada en lugar de hijos.

Nada de eso podía hacer olvidar que Mai Lavinia y él habían formado la pareja de una generación, y el tiempo en que estuvieron juntos fue también el mejor tiempo que estuvimos juntos nosotros; fueron el amor alrededor del que orbitamos todos, los protagonistas absolutos de aquel año y, tras lo ocurrido, de todos los años que vinieron después. Durante esos meses nos reconocimos en ellos y aspirábamos a parecernos a algo cercano a ellos, no había conversación en la que no se los nombrase, y su presencia (y ausencia) lo cubría todo a modo de protección, una forma de identidad que ocurre en muchos pueblos o en muchos institutos: la amistad y el amor eran una fe a la que agarrarse a falta de creencias viejas y rotas como la religión, la familia o la política.

El verano de 1993 lo construimos nosotros. Fue nuestra aportación al mundo, y no fue poca, aunque apenas duró unas semanas. Se consiguió mediante el transcurso de perfectos días iguales y distintos, como si gracias a un molde se lograse un ideal cada noche y no tuviese nada que ver con el ideal del día anterior.

Un día el sol casi se pone a las dos de la mañana, como había vaticinado Mai; eso ocurrió una tarde de finales de julio, el día del cumpleaños de Martín Novás, sus veinte. Bebíamos más de lo que solíamos hasta entonces, hablábamos de intimidades que antes no habían sido nunca tema de conversación, hacíamos humor con asuntos personales de cada uno que se creían tabú y que resultaba que no importaban tanto y descubrimos algo hasta entonces insólito: el placer de comer, porque hasta ese verano comíamos a salto de mata cuando había hambre, y empezamos a saborear, a degustar, a reunirnos alrededor de una mesa con la voluntad de comer, no a quedar de pie en la cala o en cualquier garaje únicamente para beber sino que se nos dio por cocinar (en casa de los Galvache o de los Miñoca) o, en ocasiones estupendas, por ir a algún restaurante.

No éramos populares, no llamábamos la atención, no tomábamos drogas (ni siquiera fumábamos, salvo Mai) ni teníamos grandes experiencias sexuales, tampoco nos peleábamos y, de hacerlo, no tengo ninguna duda de que nos hubieran hecho salir corriendo. No había leyendas sobre nosotros, ni nadie especialmente guapo salvo Novás en algunos momentos del día, dependiendo de la inclinación del sol, ni nadie que hubiese protagonizado alguna aventura emocionante que corriese por el pueblo.

Éramos pardillos. Nadie decía la palabra, pero nos rondaba. Y Mai Lavinia nos había elegido a nosotros; había caído en la pensión de mi familia de casualidad y luego se había enamorado de Santi, y de pronto no se hablaba de otra cosa en el pueblo que de aquella chica «estrafalaria» y «divertidísima» que no tenía pasado, a la que le faltaba «claramente un tornillo», que se vestía como Anita Pallenberg, que tenía una hija y que cada día montaba un lío diferente, hasta acabar varias veces detenida, una de ellas por empotrar el coche de los Galvache en el escaparate de la librería Pintos. «¡Y sin carné!», le reprochó Sardinas. «Ah, ¿que con carné se puede?», dijo ella, sin reparar ninguno de los dos en que Mai no tenía edad para conducir. Detenciones que, por lo general, terminaban peor de lo que empezaban, así que Sardinas al final del verano optó por la amonestación. Era como si Maradona hubiese fichado por nosotros, un equipo pequeño que de repente tenía la necesidad de estar a la altura de su astro. Mai nos convertía a todos en personajes interesantes, chicas y chicos a los que apetece conocer y con los que apetece estar.

—Qué tal —dijo Santiago Galvache al llegar al rodaje, abrazándome.

—Bien, un poco raro esto —respondí medio disculpándome, como si el documental hubiera sido idea mía.

—Raro es que yo haya querido salir, ¿no?

—Sí, pero es persistente —señalé a Soneira, que estaba metida en su coche.

—No, si está bien, será un buen documental.

Recordé al verlo, de forma absurda, que Mai Lavinia fantaseaba con irse a vivir a Australia, y los gestos de estupor que la idea provocaba en Santi y Pepe Galvache. De hecho, antes de la boda dejó dicho que ella aceptaría casarse sin problemas en el pueblo de él, Xaxebe, pero después, le advirtió, tenían que poner todos sus esfuerzos en irse a vivir al sitio más alejado del mundo, al menos del mundo de ellos, por ningún motivo en especial más que el de «hacerse los interesantes», cuando en realidad el sueño de él había sido fundar una familia en una ciudad dormitorio, una urbanización como la suya en la que ver crecer a los niños y ver morir a los viejos. «Si eso es lo que quieres, yo te llevo una vez a la semana al hospital», resolvió ella.

Yo había creído que Berta Soneira no prestaba demasiada atención a los escenarios en los que grababa (de hecho a Novás lo entrevistamos en el faro por consejo mío), pero la elección de Mar de Fóra fue un acierto; se oía a Santiago Galvache y uno parecía oler el mar, la arena, y sobre todo sentir las dos cosas: el frío de la arena y el frío del mar en mitad de febrero, él que había sido un príncipe del verano.

Empezó hablando de la noche de bodas, que fue cuando consiguieron dormir juntos después de la boda y la desaparición de Yulia, aproximadamente un mes después. Antes ella dormía sola en el sofá del salón del piso de abajo, eso cuando dormía. Regresó al cuarto en el que dormían los tres cuando su cuerpo no pudo más. Santiago contó que hacía siempre lo mismo al meterse Mai en la cama: gruñía mientras se alejaba a la esquina contraria y lo apartaba con paraditas. Luego ella se recogía en un ovillo durmiendo con la cabeza junto a los pies, como los perros, y no se movía durante horas. De mañana regresaba a la vida como un fantasma exiliado de sí mismo y dejaba a cada paso un olor indescifrable que Santi suponía que era el que cargaban los muertos en vida. La pérdida de Yulia le había procurado sensaciones inéditas a Mai: entregaba su amor a las cosas con una paciencia infinita y de repente parecía otra persona, pero tenían que cumplir un requisito: no tener vida. Las sillas, los peluches, los libros, los dibujos que nunca llegó a vender. Tanteaba en la oscuridad el auricular del teléfono para tenerlo entre sus pechos y cuando pasaban las horas lo acariciaba y decía que así sería ella de haber tenido una hija y así sería de haberla tenido sana y bien. Luego paseaba por el pasillo envuelta en tristezas buscando un sillón al que abrazarse y en el que gemir de espanto. Y se la oía ir y venir alrededor de las siete de la mañana en aquella casa de muebles antiguos en la que un día soñó ser primera dama, seguro que para regalarle el título a alguien. Como pasa con todas las rutinas, Santi no podía precisar en qué momento comenzaron aquellos paseos. Ella caminaba dando pasitos inútiles por la madera del suelo, y desde ese momento ya no había manera de volver atrás; alguien había dejado abiertas las puertas del infierno. Fuera todo era temible, desde el portero martilleando un cigarro en la puerta del Ranchito hasta el bullicio del palomar al mediodía. Incluso su imagen reflejada en el espejo, y los botes del baño llenos de cremas caducadas, y el cuarto vacío en el que había aspirado a tener vestidor; y la papelera en la que guardaba mechones del pelo que se le caía, avejentado o muerto. En el baño se recogía la melena con tristeza, ahuyentado moscas, y acercaba sus rasgos a sus propios rasgos. Aún se le acumulaban las legañas junto a los ojos y sus pómulos permanecían fuera de foco, punzantes y oscuros. Tenía la nariz corta y fina, y los labios inmóviles hinchados por el sueño. No era bella, pero tampoco el monstruo que pretendía. Separaba el pelo de la frente con las manos como un océano partiéndose a la mitad y se daba de bruces con aquel rostro que empezaba a ocultar secuestrado por el odio y la vergüenza.

Ese odio lo repartía no en sus oscuras rutinas, no en ese desentendimiento progresivo de lo cotidiano, no en los días iguales ni en el aire infecto de pantano que de pronto recubría la vida, sino en el odio mismo, alimentándose como un Cronos que va devorando a sus hijos bajo una disciplina matrioska: un odio cada vez más grande comiéndose al anterior, y así siempre, día a día. Si uno prestaba atención hasta podía oírlo dentro, como una tenia brutal, arrastrándose por los confines del cuerpo. Era el odio de ella, y peor aún: no era un odio que tuviese una causa justa y un destino concreto, sino que era un odio cuanto más inútil, más terrible, o eso creía Santi. Él disimulaba el sueño esperando a que se marchase, y exploraba desde la cama sus movimientos invisibles y su renqueante vida en el baño. Se está lavando con rabia, pensaba, frotándose la esponja contra la piel como si se la frotase contra la culpa, y al salir tendrá el cuerpo cruzado de marcas rojas y en algún lugar se habrá hecho sangre.

—¿Qué era todo eso, decidme? ¿Quién se despierta así? —dijo Santi.

La pregunta no exigía respuesta, parecía simplemente una última deuda con ella: fingía interés del mismo modo que el torero sale a la plaza con el animal ya muerto. Era alguien de una fragilidad extrema incapaz de prestar atención; si a Santi le quedase un segundo de vida y una persona se acercase a contarle que lo iban a matar y a qué hora, se despistaría. De todos mis amigos, él, por su carácter solitario y perezoso, por la belleza sanguínea que se le precipitaba garganta arriba como un roble de venas, era el que más probabilidades tenía de caer en las drogas, como Suso Miñoca si no se le hubiera adelantado el propio Miñoca.

La entrevista a Santi se prolongó durante todo el día; sólo nos marchamos cuando empezábamos a congelarnos.

—Tu padre nos contó que le impactó mucho ver marcas de disparos en la espalda de Mai —le dijo Soneira.

—Mi padre no sabía entonces si eran balas, quemaduras de cigarro o granos mal explotados. Mi padre supo algunas verdades tiempo después, y las llevó al pasado como si las hubiese sabido siempre, que es lo que pasó con mucha gente del pueblo respecto a Mai —respondió él—. Como si se pasase la vida viendo espaldas tiroteadas, lo que faltaba.

—¿Y a ti este lugar te dice algo? —preguntó Soneira respecto a la playa.

—Mai pasó aquí un tiempo, poco. Vivió con sus padres, sus padres eran feriantes, eso lo pude saber. Pero luego se fueron a Barcelona, de donde eran, para que Mai creciese allí. Esto no me lo dijo pero lo averiguó después mi padre: la niña empezaba a tener problemas mentales, y en Barcelona la tratarían mejor, y estarían más rodeados de gente conocida, y vivirían en un piso, supongo que de mierda, pero mejor que una caravana plantada en una playa a la que llega cada seis meses un cadáver. Así que aquí no se trató, y cuando uno no se trata una enfermedad, la enfermedad vuelve.

Es posible que Santiago Galvache viniese a Xaxebe a sacarse un peso enorme de encima que le bloqueaba la espalda cuando se inclinaba para hacer las barbacoas. Habló mucho, dio muchos detalles, casi todos de la boda. Nunca había hablado con nadie de eso, de la fiesta y la desaparición de Yulia. «La niña estaba pegada siempre a Mai, siempre», dijo. Mai, añadió, sometía sus emociones a las decisiones más triviales, y él estaba convencido de que ella se enamoró perdidamente porque fue el primero en detectar, durante su primer paseo por la playa, los tres lunares casi invisibles que formaban un triángulo en su cara. «Se quedó muy sorprendida», dijo, aunque a él le pareció una tontería (lo era, y Mai no se enamoró de él por eso).

En ese momento, Santiago Galvache ya se había empezado a hacer pedazos de tal forma que su cara y su cuerpo eran otros, como si se hubiese abierto una brecha, una grieta tan profunda que era posible asomarse a ella y contemplar toda su vida de principio a fin, desde secretos que nadie sospechaba hasta una alegría que ni él había conseguido disfrutar. Fue el instante en que empezamos a saber todo de él y él de nadie, tampoco de sí mismo. Y cuando al mediodía, después de comer un bocadillo de lomo con queso y pimientos y beber un café que trajo ya frío Samu del pueblo («pero lo necesito para estar despierto»), empezó a contar que al volver a casa la noche antes de la boda, cuando ya era de día, se encontraron de camino a un hombre con pinta entre vagabundo y peregrino, que decía ser el padre de Mai, y que los esperaba pegado a Punta Faxilda porque quería ver a la niña, supimos que con todas las horas grabadas a Santi, más las horas grabadas a Novás y el viejo Galvache, y los detalles del agente Sardinas y el larguísimo y dificultoso testimonio de Lola, más mis propios recuerdos, violentados o no, podríamos reconstruir las veinticuatro horas del día en que desapareció Yulia Lavinia, y acercarnos a la verdad al menos para saber si ésta era una verdad soportable y digerible, o si sólo la sabríamos para seguir ocultándosela al diablo y a Dios, el mismo Dios que no quiso volver a saber nada del amor después de aquella boda por la iglesia y el mismo diablo del que se decía siempre que, si Dios es bueno, él no era malo. Ya había pensado en la frase cuando Berta Soneira, a invitación de Lola, subió al cuarto de Mai en Punta Faxilda para grabar allí y revolver entre sus cosas; encontró sus carpetas de los recortes, que no se limitaban a los que ella hacía cada mañana en el bar de Raimunda sino que se remontaban a fechas anteriores, incluso meses, de tal forma que con ellos, juzgó Soneira verdaderamente emocionada, podían explicarse muchas incógnitas de la vida de Mai, empezando por las razones de su llegada a Xaxebe, las mismas razones que nadie, salvo el alcalde Francisco Girón, el policía Julio Sardinas y el suegro de la boda, Pepe Galvache, se había preocupado en averiguar.

12. Diablo

El 3 de junio de 1994 apareció en los periódicos la noticia de que un hijo menor podría en Cataluña tener responsabilidades por sí mismo y oponerse legalmente al criterio de sus padres. «En caso de enfrentamiento, será una tercera persona —juez de menores— la que dirima el problema. Éste es uno de los apartados que sobresalen de un proyecto de ley que prepara el Departamento de Justicia y que se plasmará en un código de familia. [...] El consejero de Justicia, Antoni Isac, manifestó a este periódico que el proyecto de código de familia pretende una regulación de las relaciones paterno-filiales», publicó *El País*. Mai Lavinia recortó la noticia muriéndose de risa: «No me lo puedo creer». «Me acuerdo perfectamente por el día en que fue, y porque pensé que le iba a dar un ataque de tanto que se reía», dijo en su entrevista la vieja Raimunda. Otra noticia daba cuenta de la apertura de una peluquería en Madrid que hacía peinados étnicos. «Los cortes de pelo cuestan 1.000 pesetas, aproximadamente lo mismo que en otras peluquerías, y el que más de moda está es el que lleva el veloz atleta Carl Lewis. Amadou [el responsable de la peluquería] dice al respecto: "Ese corte ya se hacía en África entre los años 62 y 65, pero hasta que no se ha puesto de moda en América no se ha popularizado por todo el mundo. Debe de ser porque se toma a los norteamericanos por millonarios y se les quiere imitar"». Finalmente, el último recorte que hizo, y que guardaba en su carpeta, fue el de una tribuna de Pedro Schwartz con el inicio subrayado: «Cuando el Dr. Fausto obtuvo de Mefistófeles, a cambio de venderle su alma, que le volviese la juventud y le alcanzase el amor de Margarita, creía sin duda estar cerrando un buen trato. Pero no sólo cometió una "sobrevaloración del presente" (una de mis definiciones favoritas del pecado) sino que tampoco se percató de ciertos costes imprevistos, como el de que, acostumbrado a gozar las mieles del amor, le fuese a doler la entrega de su alma». Fueron los recortes que hizo la mañana de su boda, los últimos que hizo en su vida, según comprobamos en sus carpetas. Raimunda, del bar Raimunda, vio que Mai recortaba tres noticias en lugar de una, y se lo reprochó: «Estás dejándonos sin noticias». «Hoy tres, que me caso», dijo. Raimunda, una mujer de ochenta y siete años que aseguró mantener buena cabeza porque se alimentaba de rábanos («todos los viejos se excusan diferente», dijo Soneira), contó que los asuntos que más le interesaban a Mai eran los de toros, de ciencia y de mafia. «No sé explicar por qué», dijo Berta Soneira, «pero tiene sentido».

Esa mañana estaba acompañada de su amiga Rebe, que había venido para la boda. Después de desayunar las dos, volvieron a Punta Faxilda, ya casi al mediodía. «A Yulia la despertaba yo siempre, le hacía el desayuno y la arreglaba; Lola estaba para la casa, no para la niña, y además cuando Mai se levantaba ya no se separaba de ella», dijo Santi. «Y a mí Yulia me caía muy bien», añadió, como si fuese una velada acusación de que a los demás ni nos iba ni nos venía la niña. Santi la acompañaba al aseo cuando se despertaba, le daba un colacao mientras le ponía los dibujos en la tele, y luego le quitaba el pijama para vestirla, y antes de que se vistiese siempre lo mismo: se lavaba los dientes y la cara, hasta enjabonarla, y después se pegaba a la pared para medirse, todos los días del verano, y Santiago le hacía la marca en la pared y luego lo apuntaba en una libreta de tapas discutibles pero no horribles, como dijo Martín Novás en su declaración policial.

Cuando Mai regresó a Punta Faxilda con Rebe, Pepe Galvache estaba en los jardines, dando órdenes a una cuadrilla que colocaba el equipo de música. «En algún momento les pregunté si Rebeca hablaría en la boda, y Mai dijo que sí, y que lo haría muy bien, mientras Rebe, por detrás, negaba con la cabeza». Horas después, Lola dijo haber encontrado a Mai en su cuarto, sola, escribiendo. Le preguntó qué hacía y le dijo:

—Escribiéndole el discurso a Rebe.

—No sabe escribir Rebe o qué.

—Sí, pero es mejor asegurar.

Debió de ser el momento en que Rebe bajó al Ranchito, donde estábamos Miñoca, Sonia la Pelirroja y yo; eso lo recuerdo perfectamente porque pasó por allí el agente Julio Sardinas, padre de Sonia, y le dijo que no bebiese mucho esa noche. Como Sonia era —y sigue siendo— abstemia, lo que pensé es que su padre la animaba a beber un poco; eso, o que seguía peleando por el título de hombre más distraído de Xaxebe, y aún pretendía tener una pistola.

Rebe estaba alegre y elegante (ya arreglada para la boda desde la mañana, con un vestido oscuro que le llegaba a los pies, de tal forma que parecía que se iba a desenrollar una alfombra a su paso); no recordaba a la Rebe huidiza que habíamos conocido en el faro de Xaxebe algo más de un año antes, ni a la Rebe desconfiada y asustada que visitó a Mai unas cuantas veces durante ese año. Les encantaba fumar juntas; no drogas, que aún, sino tabaco: era la afición más estúpida que había visto en mi vida, pero supongo que las volvía a hacer niñas (Rebe no debía de tener más de quince años). Seguía tutelada en el centro de menores, pero tenía cada vez más permisos. Insistía, cuando se quedaba a solas con alguno de nosotros, en que cuidásemos a Mai. Decía «ya sabes, Mai...» para que la vida acabase la frase.

Aquel día fue todo tan irreal que creíamos que, si algo iba mal, podríamos echar otra moneda y volver a empezar la partida; había vidas de sobra para todos. Subí con Rebe y Novás a Punta Faxilda, lo hicimos andando, y allí encontramos a los niños Galvache vacilando al personal que instalaba mesas y escenario para la celebración de la fiesta de después, y al viejo Galvache con sus amigos de la partida de cartas emborrachándose rigurosamente, sin exaltaciones ni folclore, en ese punto profesional con el que los padres del novio empiezan a beber al mediodía. Contaba viejas historias de Santi cuando era niño y se le quebraba la voz en algunos momentos porque las bodas, todas, tienen algo de entierros. No vimos a Yulia ni a Mai, y alguien, no recuerdo quién, nos dijo que habían ido juntas a la playa a pasear y bañarse, como hacían todos los días. Rebe fue a dormir un rato, pues llevaba toda la noche despierta, y Novás y yo buscamos a Santi, que estaba en el porche.

Diferente, cansado y con una extraña paz; en realidad estaba ido, pero no mal. Novás me miró y en su mirada —podíamos comunicarnos fácilmente así— estaba la posibilidad de que la seguridad de Santiago Galvache, el chico perfecto, se estuviese tambaleando.

—No hemos dormido nada —dijo, cosa que ya intuíamos porque los habíamos dejado a él, a Rebe y a Mai a las siete de la mañana todavía de charla en el parque. Parecía que iba a decirnos algo más, pero se calló. Le preguntamos qué era, y dijo que eran «chorradas». En condiciones normales, y extraordinarias, debería haber estado dormido o a punto de dormirse; sin embargo estaba perfecto, como ciertos animales que, ante la amenaza, tienen todos los sentidos alerta y el depósito de energía súbitamente lleno sean cuales sean sus circunstancias. Insistimos un poco, pero supusimos que era por la boda. Veinticinco años después, sentado en una playa vacía un día de finales de febrero, con una cámara delante, lo contó.

En aquel banco del parque, cuando amanecía el 3 de junio de 1994, Rebe contó una historia familiar que Mai ya conocía; unos padres toxicómanos, un hermano pequeño con un nombre rarísimo encerrado por matar a otro niño, una necesidad que era extensible a su mejor amiga y que era la necesidad de ser querida. Se habían conocido en navidades de 1992; Rebe venía a Fisterra con un compañero del centro de menores cuando tenían alguna tarde libre y Mai llegó en esas fechas con Yulia a Camelle, un pueblo vecino. Se veían cuando Rebe tenía algún permiso. Mai vivía en una habitación alquilada en Camelle con poco dinero, «el que pude tomar prestado en casa cuando me fui», hasta que decidió venirse a Xaxebe.

Se veían poco, pero como sólo se tenían la una a la otra la relación era de protección absoluta. «Mi padre era la cosa más disparatada y drogadicta del mundo, divertidísimo», recordó Rebe, «y mi hermano la persona más especial que me encontré nunca».

Mai, en algún momento de ese relato, se puso a llorar sin sentido. «Se le debió de vaciar la vida», dijo Santi. Fue cuando se dio cuenta de que estaba verdaderamente borracha, como prometió. Había bebido muy despacio, a lo mejor una copa cada dos horas, pero a esas horas tenía que estar borracha. «Algún día tus padres no estarán, y no los verás nunca de verdad, no como ahora que jugáis al gato y al ratón. Pero no es un juego, no estarán. Porque mueren, porque se van y te olvidan, o porque todo se acaba», le dijo Rebe: «Te lo he dicho mil veces».

—Ayer estuve otra vez con él —dijo Mai.

—¿Con tu padre? —preguntó Rebe.

—¿Tu padre? —repitió Santi.

«No me lo creía», dijo él en el documental. «De repente parecía que se iba a poner hablar de él como si siempre lo hubiera hecho».

—Sí, mi padre. Menudas palabras madre y padre, ¿eh? —respondió Mai.

—¿Pero viene a la boda?

—No, qué va a venir a la boda. Quiere saber si estoy bien y quiere llevarse a Yulia —la voz de ultratumba de Mai, como si se hubiese despertado—. Voy a llamarlo. Me caso esta tarde, no puede seguir esto así toda la vida.

Santi recuerda que le pareció inquietante, pero natural. «Eran dos niñas, Mai y Yulia. Me pareció lógico que su padre quisiese hacerse cargo de la pequeña, y me pareció lógico que ella y yo lo impidiésemos».

Mai fue a una cabina y marcó un número, habló un minuto y regresó.

—Viene para aquí, mi padre.

—Oye, ¿están parando en Mar de Fóra, verdad? —Santi lo había oído por todas partes, y su propio padre, Pepe Galvache, se lo había dejado caer.

El padre de Mai era recordado de diez años atrás, cuando aquel improvisado campamento jipi tuvo visos de oficializarse y él llegó a reunirse con el alcalde. Con el tiempo se fueron marchando todos de allí, pero en los últimos meses se le había vuelto a ver, esta vez a él solo. Los más perspicaces lo habían asociado a Mai. Mago Sampedro, en el documental, cayó en la cuenta de que el hombre misterioso (bien vestido, pelo corto) que paseaba con la silla a Yulia, el día en que Mai dijo que la habían secuestrado, era Bernatellada. «Sólo lo supe cuando me dijeron que lo habían visto luego de nuevo, pero yo no lo reconocí, habían pasado diez años y estaba muy cambiado, y yo muy borracho, y tampoco es que una década atrás hubiera tenido mucho trato con él, ni que él fuera alguna vez un hombre importante. Era de los de Mar de Fóra, buena gente casi todos, unos nómadas, nada más», dijo.

—No, son de Barcelona, como te conté mil veces —respondió Mai, que no lo había contado nunca—. Pero mi padre lleva un tiempo aquí al lado, en Carnota.

—¿Por qué?

—Pues para cuidarme.

—¿Y por qué no está aquí?

—Porque a la gente que quieres de verdad se la cuida mejor a distancia.

—¿A mí no me quieres de verdad?

—A ti no hay que cuidarte. A mí muchísimo —y se echó a reír, contó Santi, mientras le decía que eso era lo que más le gustaba de él: que no había nada ni nadie que lo pudiese cuidar nunca.

—¿Y estas cosas por qué no puedo saberlas?

—Porque no creo en el pasado —zanjó Mai.

«Tengo ya cuarenta y cuatro años», dijo Santi, «y no conocí nunca a nadie que viviese tan a espaldas de sí misma como ella. A veces no quería ni hablar del día anterior. Hasta el juego ése de que veía las cosas media hora después de que pasasen, que a veces era divertido, empezó a darme miedo. No porque ella se lo creyese, podía írsele la cabeza pero no hasta ese punto, sino porque de alguna forma el pasado de su vida era exactamente ése: treinta minutos. Y si no abarcaba a su familia, ¿por qué habría de abarcarme a mí cuando algo nos separase? Sólo conmigo habló un poco de sus padres, y de los sitios en los que había estado, pero nada de lo que también en el presente era consecuencia de su pasado: las marcas en la espalda, el padre de su hija, su enfermedad. Tuviste una hija sin saber que la ibas a tener, eso pasa, puede ocurrir. ¿Pero te violaron? ¿No te violaron?», dijo Santiago en su entrevista. Berta Soneira le hizo ver que hay gente que no visita su pasado simplemente porque no tiene nada bueno que ver o rescatar allí. Y añadió que no hay viaje más perverso y enloquecido que el que una persona hace a su pasado sin saber qué se va a encontrar. Que eso es como meterse en una selva oscura en la que hubo vida hace años y ponerse a palpar a ver quiénes siguen allí, y si tienen respuestas, o preguntas. Supongo, añadió, que este documental es algo así para vosotros. Pero, dijo también, existe el consuelo de que a veces de tanto ponerse a palpar se encuentre al azar el interruptor. «Consuelo por qué», preguntó Santi.

Ese amanecer, Rebe se quedó dormida en el banco con su cabeza sobre las piernas de Mai («después de su historia familiar, la de Mai le tenía que parecer una mierda») y Santi se encontraba aturdido y feliz, o algo así nos dijo. Por una parte le hacía ilusión conocer al padre de Mai, y presentárselo al suyo, y que hubiese algo de normalidad respecto a ella; por la otra, aquello podía suponer dos cosas: un tapón en los muchos agujeros de una bañera por momentos cada vez más vacía, o que el agua desbordase y se la llevase por delante. Berta Soneira le preguntó cómo había estado Mai la última semana y Santiago Galvache respondió que bien, «sin alardes»; prácticamente no salió de casa, donde jugó con Yulia y preparaba el viaje de bodas. Ese viaje era un regalo especial de Pepe Galvache; irían a América, Nueva York, quince días. De Yulia se encargaría Lola esas dos semanas. Que el padre de Mai pudiese venir a la boda significaba, quizá, que también pudiese encargarse él de la niña, quién sabe. Eso pensaba Santi, eso dijo en la entrevista y automáticamente eso habría pensado yo también, si bien las cosas con Mai eran siempre extrañas y difíciles.

De camino a Punta Faxilda, mientras caminaban, Santi, Rebe y Mai se encontraron por fin al padre de Mai Lavinia. Un hombre alto, moreno de piel («¿gitano?, no lo sé»), que entonces a Santi le pareció mayor pero que, veinticinco años después, vio en perspectiva. «Quizá tuviera la edad que yo tengo ahora». Berta

Soneira le preguntó si él no estaba bebido. «No, bebo muy poco, esa noche seguro que no. Estaba en estado de pánico, me casaba en unas horas y a veces me recordaba un año antes, un minuto antes de conocer a Mai, y me preguntaba cómo había podido pasar eso. Era una sensación de vértigo que me gustaba». El hombre, contó, pasó de Rebe y Santi («ni nos miró»). «Mai nos dijo que esperásemos y se adelantó ella. Era de día. Mai estaba guapísima, llevaba unos pantalones ajustados, unos botines de segunda mano y una americana de terciopelo. Lo recuerdo bien porque fue la última vez que la vi como era ella a mis ojos, como la había conocido yo y como la habían conocido todos».

Mai se separó de Santi y Rebe para hablar con su padre («llegué a pensar si no la había violado él, si Yulia no sería hija de él; en ese punto estábamos») y los dos discutieron en voz baja. Santi sabía que no era la primera vez porque en el pueblo alguien le había dicho que los habían visto, y en una ocasión la propia Mai le habló de él, pero sin citarlo como su padre («alguien que me quiere mucho, alguien que me protege», repetía como en una cantinela). Rebe y él se quedaron a diez metros de distancia, los suficientes para saber de qué estaban discutiendo, que suponía Santi, sin hacer caso a lo dicho por Mai sobre «llevarse a Yulia», era lo mismo de siempre: el padre de Mai quería ver a Yulia, pasar tiempo con ella, pasearla, que al parecer era en lo que había consistido el famoso «secuestro» de un año antes. «Me la voy a llevar», levantó la voz él. «Y a ti también, porque tú no estás bien», le dijo. Eso excitó más a Santi, lo puso alerta. «Tenía todos los sentidos en ellos dos, necesitaba casi olerlos». Y hubo un momento en el que el chico dio varios pasos hacia ellos, y estiró la mano con una cortesía ridícula a esas horas después de una noche de copas, y dijo: «Soy Santiago Galvache, encantado de conocerle». El hombre lo miró de arriba abajo, respondió «encantado yo también» sin presentarse y sin estrecharle la mano, además de decirle algo más: «Hijo, no sé qué estáis haciendo pero estáis haciéndolo mal», a lo que Santi Galvache, seguro de sí mismo, contestó: «Entiendo que parece que va todo muy rápido, pero Mai y yo no nos hemos separado desde que nos conocimos y estamos hechos el uno para el otro». Mai le dijo «qué frase tan ridícula, Santi, ¿ves como leer es malo?», y lo empujó hacia atrás, pidiéndole a Rebe que se lo llevase. Santi le preguntó al padre de Mai si iría a la boda, y la propia Mai contestó: «Intento convencerle».

Cuando Rebe y Santi se iban para casa, dejando solos a Mai y a su padre, un coche de la policía local de Xaxebe se acercó por la carretera y paró a su altura. Santi le pidió a Rebe que esperasen, Rebe le respondió —«esto te lo puedo decir literalmente, porque la palabra me resultó muy simpática», dijo Santi en la entrevista— que el padre de Mai tenía pinta de «bandolero»: «Seguro que está en búsqueda y captura». Del coche bajó Julio Sardinas, bigote pelirrojo tembloroso sobre el labio, y efectivamente se dirigió al padre de Mai. Rebe y Santi observaban la escena pegados al muro de Punta Faxilda, donde se levantaba la casa en silencio, como si emergiese de la montaña con el día; a muchas casas les ocurre, especialmente a las encantadas. «Intento convencerla», le dijo el padre de Mai a Sardinas.

«¿Te está molestando, filla?», le preguntó Sardinas a Mai. En el documental, el agente reconoció lo obvio: no circulaba por allí a las nueve de la mañana por casualidad. «Lo avisé yo», dijo Pepe Galvache. «No habían vuelto a casa y eché la mañana por los balcones para ver si los veía llegar». Luego vio a «ese hombre» por ahí otra vez. «A mí me parecía estupendo que fuese el padre de Mai, eso me dijo Girón y me dijeron varios a lo largo de ese año, pero de entrada yo no tenía nada que lo confirmase. Y si lo fuese qué. Esa chica se iba a casar con mi hijo. Santiago perdió a su madre muy pronto, no tuvo a una mujer que lo quisiese. Lola lo atendía y yo no dudo de que lo quisiese, pero querer es otra cosa, no cobras por hacerlo. Y lo que me faltaba es verlo merodeando por mi casa como si fuese un marroquí con las alfombras. Yo no sabía que lo había llamado Mai, yo no sabía nada. Desperté a Girón porque a mí lo que me faltaba es que me deambulen por los alrededores. Mi consuegro, que hay que tocarse bien los cojones».

Sardinas no recuerda tanto. Dijo que no conocía a Bernatellada y que simplemente le instó a no molestar a Mai. «Sí recuerdo que Mai me insultó, yo creo que me llamó apampanado. Los insultos los recuerdo siempre, sobre todo en boca de esa máquina de insultar. Porque insultaba con una medio sonrisa, no se enfadaba nunca: te insultaba como si fueses gilipollas, o sea que te insultaba dos veces». Girón, por su parte, dijo que dudaba mucho de que lo hubiera despertado Galvache con semejante nimiedad. «Desde el balcón le alcanzaba con la escopeta, si hay jaleo no voy a mandar a Sardinas con su don de palabra. Además», recordó de repente, «a mí Pepe no me da órdenes». El caso es que, según Santi, Sardinas llegó a ponerse violento. «No físicamente, pero le dio voces, y le dijo que o se metía en el coche y volvía por donde había venido, o lo detendría por disturbios o algo así. Era gracioso porque no había un coche en un kilómetro a la redonda, lo cual prueba que Sardinas era policía por las películas. Estaba ése para que le dieran una pistola», dijo Santi.

—¿La tiene ya, por cierto? —preguntó.

—Qué va, qué va —Soneira negó apesadumbrada—. Ahora no quiere ni disparar, quiere que le disparen.

De pronto Santi cortó el momento de relajación, como si le hubiese entrado prisa. Pero prisa no por irse, que parecía cómodo, sino por llegar a la noticia.

—Y cuando me iba con Rebe para casa —dijo Santi— ocurrió.

—Qué ocurrió —le preguntó Soneira.

Santi, con la cámara grabando, dijo mirándome:

—Supongo que no exactamente lo que esperábamos, pero sí lo que esperábamos en general. Con el tiempo creo que di con la imagen correcta. La escritora eres tú y yo no tengo mucho arte para estas cosas, pero han sido muchos años dándole vueltas y algo tenía que salir. ¿Sabéis lo del elefante en la habitación? Pues un elefante pero en una habitación oscura. No lo veíamos, pero era imposible pensar que no había algo ahí. Nico y Novás quizá lo supieran, eran sus mejores amigos. A mí no me dijeron nada, yo nunca lo supe.

—Yo sabía el qué —mi voz sonó metálica. La oí y no me reconocí.

—No lo sé. Como nunca lo hablamos, no lo sé.

Santi contó que cuando Bernatellada se giró para marcharse, con Julio Sardinas alerta siguiéndolo con la mirada, se volvió bruscamente, cogiendo por sorpresa al agente, y llegó hasta Santi corriendo y se abalanzó sobre él, apretándole el brazo. Pegó la boca a su oído («creí que me mordería la oreja») y le dijo: «Que devuelva a la niña, que devuelva a la niña. Haced lo que os salga de los cojones pero que devuelva a la niña». Ni amenazante, ni rabioso: desesperado. Dijo Santi que la palabra «devolver» le heló la sangre: ¿quién devuelve a su hija y por qué? «Me hizo muchísimo daño en el brazo, me lo apretó fuerte, recuerdo tener una marca por la tarde cuando me puse la camisa del traje de la boda, pero lo que más me desconcertaba es que ese hombre me dio pena, era pura angustia».

Cuando Santi le contó a Mai lo que le había dicho su padre, ella le contestó: «¿Veis por qué no os hablo de él y no lo he presentado? Porque está un poco loco»; Santi recuerda que incluso entonces, a pocas horas de su boda, la palabra «loco» en boca de Mai era la palabra más perturbadora del mundo. Eso sí, antes de entrar en Faxilda a dormir dos horas para luego salir a desayunar con Rebe a Raimunda, Mai dijo que su padre era una buena persona que sólo quería salvarla, pero que si la salvaba a ella condenaba a la niña. Los dos subieron a la planta de arriba y comprobaron que Yulia dormía aún profundamente, y Mai se acercó a ella para apartarle el pelo de la cara, y darle un beso, y susurrarle al oído «te quiero, ratón» mientras Santi esperaba en el pasillo, y cuando salió Mai del cuarto la acompañó a la habitación de ellos («¿tú no duermes?», le preguntó ella; «estoy muy nervioso», respondió él; «¿por la boda?»; «claro, por qué va a ser»), y la arropó en cama. A Mai se le cerraban los ojos. Santi entonces, al tocarla, supo que estaba muerta de pena. De pena y de miedo. Y que su cara, que se esforzaba en aparentar tranquilidad, era ya una máscara.

—Qué te dijo tu padre.

—Lo de siempre, que quiere estar con la niña.

—¿Por qué no puede estar con ella?

—Pues porque no.

Santi le quitó la ropa, deteniéndose en las piernas cuando le bajó los pantalones (con dificultad, eran pitillo) y en los brazos al levantarle el top y sacárselo por la cabeza; visitaba su cuerpo, cuando lo hacía, como si fuese un planeta aún no explorado por el hombre, y en ese momento en que algo dentro de él se desprendía por primera vez, ante la posibilidad de que fuese el amor de su vida y no pudiese retenerlo, pensó que si su tiempo con Mai, el tiempo irracional del amor, la enajenación que le había alcanzado a él y por extensión al grupo, era el mejor que había tenido nunca, lo prolongaría fuesen cuales fuesen las consecuencias, y a pesar de eso sintió que el antiguo y ordenado Santi necesitaba preguntar, antes de soltar amarras para dejar paso al nuevo.

—¿Pero es tu hija?

Mai, a punto de dormirse, abrió los ojos y respondió, casi sin vocalizar.

—¿De verdad eso tiene importancia?

Muchos años después, ya instalado en Madrid y arropado por su familia numerosa y sus domingos de barbacoa, pensó que la frase era una barbaridad, pero era una de las barbaridades propias de Mai que se distinguían por algo aún peor que una barbaridad a secas: era verdad. ¿Realmente importaba? ¿Cuándo son más importantes las cosas: cuando están importando, o cuando dejan de importar? Muchos años después, y sin saber nunca toda la verdad, sólo intuyéndola como se intuye ese elefante en la oscuridad de una habitación que te impide dar un paso, Santi Galvache llegó a la conclusión de que aquel amor suyo por Mai Lavinia, y la propia Mai Lavinia, era tan irracional y completo que daba absolutamente igual lo que hubiese ocurrido. Ciertas cosas hay que ensuciarlas para verlas. Como en cualquier amor, se trataba de que ella no sufriese, y sufrió. Y eso, aunque él no fuese el culpable, y aunque cabía la posibilidad de que la culpable fuese ella, no se lo perdonó nunca.

La ceremonia se celebró en la iglesia Santa Uxía del Perdón, una capilla pequeña en la que no se podía casi ni respirar. Mai estuvo de acuerdo no porque se considerase religiosa, sino porque Dios le hacía gracia. «Si existe», nos dijo una vez, «Dios es el segureta de una fiesta. Dios es así, yo también sería así si fuese él. Todo el día poniendo sellitos en la mano. Mucho mejor creer, dónde va a parar, que estar pendiente de que la gente crea en ti». El sacerdote, don Eugenio, estaba de los nervios. Siempre sospechó, y con razón, que el robo del cáliz con las hostias antes de una misa el otoño anterior había sido obra de Mai, que apareció en el garaje de los Miñoca e improvisó una comunión para todos diciéndonos, antes de meternos la hostia en la boca, unas respetuosas palabras. Don Eugenio no había parado de repetir los días antes de la boda que no habría discursos y que los quería a todos fuera en media hora, algo que reforzó la idea de Mai: «Un segureta, lo que os dije». Fue mientras esperábamos al novio en la plaza de la iglesia, «como tiene que ser», dijo. «Hoy quiero todas las emociones, también la de no saber si vendrá o no el novio. Y la sensación tan bonita de verlo llegar, que siempre la han tenido ellos». «No siempre», añadió Suso Miñoca. Hacíamos un corro con ella, chicas y chicos, ajenos a lo ocurrido horas antes en la puerta de Punta Faxilda.

Mai vestía un esmoquin blanco. Era un esmoquin blanco con pajarita negra, la mitad del pelo en ondas sueltas y la otra mitad rapada, poco maquillaje, raya negra en los ojos. Estaba dulcemente guapa, quizá también a punto de estar dulcemente loca, pero se le disculpaba. El esmoquin se lo había pedido a un camarero de Casa Saladina cuando fueron ella y Santi un día a probar el menú de la boda. Nos lo contó luego, durante la fiesta de Faxilda. Les estaban plantando delante una langosta y ella se quedó mirando al camarero —luego supo él que tomándole la medida como una boa constrictor—, y cuando volvió a recoger los platos salió detrás de él («voy al baño», se excusó). Lo abordó en la cocina, se lo llevó a una esquina («te voy a quitar la ropa, pero no hoy») y le pidió el esmoquin. «Lo pruebo mañana, te lo vuelves a llevar, ¿y me lo dejas para la boda?». El chaval balbuceó; no debía de tener más de dieciséis años, flaco y delgado, un poco más alto que Mai, de pieles blancas como la espuma. Ella lo miró de arriba abajo, entusiasmada: «Eres ideal». «Gracias», acertó a decir él. «Ideal para mi vestido de novia, tú me das un poco igual, eres muy pequeño».

Mai hacía eso: lo aprovechaba todo, a veces echándole mucha cara, otras veces por pura voluntad mágica, para convertirlo en algo mejor o especial, a menudo sólo por unas horas. Trapos, telas, cartones, botas que nadie usa, cintas viejas del pelo: todo era susceptible de ser convertido en ropa, cuadros, pinturas o juguetes para Yulia. Hacía lo mismo con las personas. Que el esmoquin del camarero del restaurante que serviría el banquete en Faxilda fuese también el vestido de la novia, el más rompedor y brillante que se vio hasta entonces y durante décadas en la Costa da Morte, era, si lo hacía ella, apropiado. Convertía en lógico el mayor de los disparates, y si lo hacía era porque los volvía algo aún mejor que lo que hubiera sido lógico.

Santi tardó en llegar más de lo tácitamente pactado; eso significó también una emoción extra para todos. Don Eugenio se asomó a la puerta como si estuviese recibiendo en un colmado.

—Ah, ¿que espera la novia al novio? Lo hacéis todo como os sale de los cojones.

La iglesia ya estaba llena a rebosar de gente, estoy seguro, que no conocía a Mai de nada, probablemente tampoco a Santi, quizá un poco a Pepe Galvache por alguna obra. Con el tiempo he sabido que la gente se mete en las iglesias con la menor excusa, y una boda no era excusa pequeña. Santiago Galvache se bajó del coche a las seis menos diez, y en cuanto pisó suelo lo agarró Lola del brazo para llevarlo camino al altar. Se mantuvo firme, la mujer, salvo un par de calambrazos a mitad de pasillo. La escena icónica

166

que inmortalizó Novás, que llevaba la cámara de fotos colgada del cuello como un retrasado, fue la de Mai con su estupendo esmoquin blanco y el pelo imposible hablando, sola, con el cura. Don Eugenio era un hombre gordo —yo de pequeño pensaba que había que serlo para ser cura, no conocía en ningún pueblo a un cura que no lo fuera— y malhumorado, de los que creen que Dios es látigo. Tenía un gran beber, alcoholismo prácticamente, que le dulcificaba el carácter, cosa terrible porque se creía que su alcoholismo se debía al esfuerzo colectivo del pueblo en tener un cura corriente, amable, tolerante y que no dijese palabrotas. Le daban todos de beber.

—Vienes vestida de camarero de casino —le dijo don Eugenio a Mai cuando estaban a solas con Pepe Galvache, padrino de la novia.

—De blanco como las hostias ésas que le robaron.

—A todas las novias les queda bien el blanco —replicó él—, pero a ti te queda como si estuvieses en una secta.

—Ahí me ha callado usted, no le voy a discutir sobre sectas.

Empezó a sonar la música nupcial, y Santi entró en la iglesia. «Me quedé impactado, no había visto a nadie con más estilo en mi vida», dijo de Mai. La iglesia era un murmullo creciente de expectación; nosotros (Novás y yo seguro, cuatro o cinco más) nos quedamos de pie al fondo. Yulia, que había llevado las arras delante de su madre, se fue un par de bancos por detrás, con Rebe. Rebe era la única invitada, si nos exceptuábamos a nosotros, por parte de Mai Lavinia; por la parte de Santi Galvache, entre familia, compañeros de clase y de equipo de balonmano, más nosotros, unas setenta personas. El resto de invitados eran cosa de Pepe Galvache, que metió en Punta Faxilda a doscientas personas creyendo que la mitad, después del banquete en Casa Saladina, se marcharía para casa. No sólo no se marchó nadie sino que llamaron a más gente que se coló sin dificultad en los jardines, invadiendo el Bosque de los Recuerdos. La casa, eso sí, estaba cerrada a cal y canto; quien entraba, lo hacía por medio de Santi o Pepe, que tenían las llaves (Lola, de la emoción, se fue a la cama después de dormir a la niña).

En las filas de delante pude ver la nuca de Francisco Girón y Girón, alcalde de Xaxebe. También a otros amigos habituales de Pepe Galvache, si bien la mayoría estaba fuera en el bar. ¿Los demás? Gente de la comarca, vecinos que, cuando hay ceremonias así, se acercan a mirar y acaban liándose. Santi contó en el documental que cuando llegó a la altura de Mai le dijo que estaba «impresionante», y le preguntó cómo había conseguido mantener el misterio respecto a su traje. «Sólo lo sabíamos su dueño y yo», respondió ella. «¿Su dueño?». Ella rio en alto, y le dijo algo al oído.

A los diez minutos estábamos todos saliendo por la puerta. Con tanta algarabía y tanto arroz por los aires que Mai, con el rostro congestionado, empezó a preguntarnos dónde estaba Yulia. Cuando yo le dije que no sabía dónde estaba, pero que no se preocupase porque estaría con alguien, respondió: «Si no me tiene a mí, a quién tiene». Uno, supongo que Miñoca, había tenido la ocurrencia de repartir silbatos y tirar globos, y la plaza era un desmadre. A los cinco minutos, tras varios gritos desesperados de Mai, todo el mundo estaba buscando a Yulia Lavinia.

—¡Se la han llevado! —repitió varias veces.

Entonces se acercó a ella, eso lo recordamos Novás y yo en el documental, un señor con una pajarita tan bien amarrada al cuello que la cabeza le parecía a punto de explotar, la camisa perfectamente metida por dentro, un señor —diría ella horas después a la policía— que parecía haber nacido para anunciar la desaparición de niños, que estaría bien que se dedicase a eso y, aún más, pudiese montar una empresa de eventos que instruyese a cuatro o cinco invitados como él, cuerpos de grandes pulmones y barbas espesas, para enseñarles cómo obrar en caso de que desapareciese un crío.

El hombre le puso la mano en el hombro, y le dijo:

—¿Pero quién se la va a llevar?

Ella ni lo miró, y siguió paralizada delante de la puerta de la iglesia mientras nosotros, y el resto de invitados y comparecientes de la ceremonia en general, buscábamos a la pequeña. Novás contó en su entrevista que él se acercó a Mai un momento y ella le dijo que no se podía creer que se hubiesen llevado a su hija el día de su boda, y Novás repitió eso de «pero quién se la va llevar, el día de tu boda o cualquier día».

—Algo iba mal —dijo Santiago Galvache—. Desde la noche anterior, desde el encuentro con su padre, algo iba fatal. Y era algo no relacionado con ella y su forma de ser, su aparente degradación mental, que te digan lo que te digan tampoco era tal, o no era para tanto. Lo que pasa es que después de la desaparición de Yulia, con el tiempo, y cuando se supo que tenía una enfermedad mental, todo el mundo empezó a decir que ellos ya lo veían, que estaba loca, que eso era clarísimo. Y empezaron también a circular leyendas estúpidas, y las cosas que ella había hecho o había dicho porque era así, simplemente porque *era así*, se achacaron a que ella no era así. Iba a mal, poco a poco, muy poco a poco, pero eso lo sabíamos los que estábamos más cerca.

La voz de Susiño Miñoca se oyó a los gritos desde la calle de los Concheiros, una paralela a la iglesia, cortada por una obra. Allí estaba Yulia agachada, con la braguita a la altura de las rodillas, meando pegada a una valla. Rebe con ella, sin enterarse del revuelo. «Quería hacer pis», dijo.

Era una niña, Rebe. Vino poco ese año, pero lo suficiente para ayudar mucho a Mai a tener una referencia, mínima aunque fuese, de su pasado inmediato. Siempre decía respecto a ella: «Cuánto de niña pueden ser las niñas cuando dejan de ser niñas». En la mesa de los novios en Casa Saladina estaban Mai, Rebe, Yulia, Santi y Pepe Galvache, que duró un plato allí para ir a sentarse con sus amigos. Su hueco fue ocupado por otro niño, Julián, el chico de dieciséis años al que Mai le había pedido el esmoquin. Se lo devolvió al llegar al banquete («tengo vestido de fiesta, sentarse a comer de novia es una paletada») y el chico se lo puso y aún sirvió con él los primeros platos pese a que Mai había recogido el bajo y estrechado la pierna, de tal forma que parecía que el chaval llevaba un maillot, y el viejo Galvache venga a decir «a ver el ciclista» cuando lo llamaba, y al final el encargado, enterado de la historia del vestido de novia, le dejó libre el resto de la noche. Cuando se iba a ir para casa, con la cabeza volada, Mai lo llamó y lo sentó con ellas, yo creo que porque esperaba que Rebe se liase con él aprovechando los efluvios de la fiesta, si bien yo estaba convencido, sin ninguna razón, de que Rebe era lesbiana. Nunca se lo dejé caer a Mai porque Mai me daba la sensación de que ni siquiera sabía lo que era el lesbianismo; era como si la modernidad de ciertas cosas la tuviese tan presente en su cabeza, y la exhibiese con tanto descaro y elegancia, que dejaba el otro hemisferio cerebral entre las penumbras de la Edad Media.

Novás estuvo con ellos un rato largo en la mesa y comentó que Rebe estaba muerta de nervios porque tendría que leer en Punta Faxilda, donde habría dos discursos y el baile de los novios (Mai había elegido «Juste une chanson», de Patricia Kaas, pero nadie había podido encontrarla, ni nadie se explicaba cómo ella conocía esas cosas, así que pidió para joder que pinchasen «Cosas de la vida», de Eros Ramazzotti, que estaba en todas las radiofórmulas; Santi, que nunca había escuchado una canción entera en su vida, y no sabía que Mai la había elegido porque no podían pinchar la que quería, le dijo mientras bailaba: «Es preciosa, amor»). Esto lo contó Santi muerto de risa en el documental, donde incluso se animó a cantar una parte de la letra con la voz nasal de Ramazzotti: esa parte fue cuidadosamente cortada por Soneira. En aquella mesa del banquete, un minuto antes de salir para Punta Faxilda, Novás vio cómo Mai le pasaba un papel que tenía doblado al camarero Julián, que llevaba dos pelotazos de Ballantine's y empezaba a encontrarse sobrado. «Rebe no lee, que está la pobre aterrorizada; lees tú, que vas más encendido que una moto», le dijo. «Fue un espectáculo verlo hablar con el traje de novia, ahora que lo pienso», dijo Novás.

—¿Qué leyó, lo recuerdas? ¿Qué era lo que escribió Mai en su cuarto? —preguntó Berta Soneira a Martín Novás cuando lo entrevistó.

—Claro, ahora mismo te lo digo —dijo él. Yo me eché a reír. Tardamos un par de años en averiguarlo. Su discurso, prácticamente entero, estaba en internet.

—¿Un poema de Emily Dickinson?

—Juzga —Martín Novás se puso a leer en el móvil apartando imaginariamente las noticias que el algoritmo, al tocar la pantalla con sus dedos, podía hacer aparecer sobre su retirada del fútbol, o eso nos vino a decir alguna vez.

Era, la verdad, el discurso de boda perfecto. No era de ella, sino de Iggy Pop, pero era perfecto. Como su vida.

—Entra en el coche conmigo, seremos el pasajero. Cabalgaremos por la ciudad esta noche. Veremos la parte trasera rasgada de la ciudad. Veremos el cielo brillante y hueco. Veremos las estrellas que brillan tanto. Mira por tu ventana. ¿Qué ves? Ves el cielo hueco silencioso, ves salir las estrellas esta noche. Y todo fue hecho para ti y para mí. Todo fue hecho para ti y para mí. Porque sólo nos pertenece a ti y a mí. Así que demos un paseo y veamos qué es mío.

Berta Soneira se quedó absorta durante unos segundos.

—Es una canción preciosa —dijo repente—. Y un discurso de boda maravilloso.

Aquélla también fue una noche estrellada de cielo limpio y claro. El mar estaba tranquilo y el reflejo de la luna en él parecía una alfombra rasgada blanca. La fiesta en los enormes jardines fue asombrosa de principio a fin, como un reloj que se descubriese funcionando desde el origen de los tiempos. Fue una de esas fiestas en las que la gente se siente libre para contar un secreto que le aturde, besar a quien sea y como sea; Mai la definió como «la fiesta en la que, después de muchos bailes ridículos en casa delante de un espejo, decides hacerlos públicos». Ella, sin embargo, no bebía, yo suponía que por el cansancio acumulado de la noche anterior, y subía y bajaba compulsivamente del cuarto de la niña. A veces iba acompañada por Rebe, otras por Sonia, alguna por Santi. Subía las escaleras aterrorizada y las bajaba a saltitos, feliz, y entonces trataba de sumergirse en la fiesta sin resultado. «Yo supongo que hubo un momento en que se relajó, en que había demasiados invitados, en que las cosas se desbordaron. Empezó a haber demasiada gente y poco control», dijo Novás.

«No se relajó nunca», dijo Santiago. «Intentó abstraerse porque llegó a pensar que su obsesión era fruto de la enfermedad, no de la razón. Desde el encuentro con su padre su cabeza hizo clic, al principio de forma lógica si él le amenazó con llevarse a Yulia, y con el tiempo el disco empezó a girar más y más, hasta que estuvo a punto de salirse. Ella peleaba para que no se le saliese, o al menos estaba en un punto en que lo conseguía a duras penas. Y en medio de su boda, quedarse de guardia en el cuarto de la niña para que ningún invitado se la llevase era, si no un acto de una persona que no está en sus cabales, sí un acto que lo parecía. Tenía mucho cuidado con eso. Hasta el punto de que a veces hacía cosas que podían parecer de loca, pero que tenían sentido».

Mai no se separó de Rebe y Sonia en toda la noche. «Rebe era una chica profundamente preocupada, callada y con una inmensa capacidad de amar que se había quedado intacta porque no tenía a nadie cerca a quien querer, o a alguien que mereciese la pena, hasta que conoció a Mai», dijo en el documental Sonia Sardinas, Sonia la Pelirroja. «Yo era más *festeira*, más la vida loca. Lo tenía de forma natural, sin beber ni tomar nada. Me gusta bailar, cantar, esas cosas. Suena un poco ridículo, ¿no? Si suena un poco ridículo no lo metáis, por favor [...]. Mai había llorado, no sé por qué, no estaba conmigo cuando lloró. Pero se le corrió la raya del ojo, un poco, y me dijo que fuese al baño con ella. Era tarde ya, ¿las tres, las cuatro? Ya no había tanta gente pero había mucha. Era hora de pachangada porque estábamos bailando desaforadas y yo, al menos, olía un poco a sudor. Nos fuimos al baño, nos lavamos un poco, nos pintarrajeamos y nos descalzamos para volver al jardín a saltar como locas, porque los zapatos nos hacían daño y había convencido a Mai de que bailase un poco, de que se quitase los nervios de la boda porque estaba muy tensa».

—Lloró conmigo —dijo Novás en la entrevista—. Un poco antes de que se fuese al baño con Sonia, lloró sin más. Se abrazó a mí y lloró, y luego corrió hacia el baño llevándose a la Pelirroja con ella.

—Todo lo que pasó después fue tan extraño que siempre creí que a Martín Novás le había dicho algo —dije yo—. Siempre pensé que él sabía algo que a los demás se nos hurtaba. Él, Santi... No soy capaz de hablar de ellos con objetividad o con cariño porque les culpabilicé todos estos años, pensando que tenían una clave que explicase algo.

—La única información que yo tenía y que ellos dos no tenían —dijo Santiago Galvache— era que Mai había llamado a su padre y su padre se había presentado para pedir que devolviese a Yulia, con esa palabra exacta, y que cuando dudé de si era realmente hija suya, ella dijo que daba igual. Es importante, pero lo supe todo ese día, y sin saber nada: lo sospeché todo ese día.

—¿Qué pasó con la investigación al padre de Mai? —preguntó Berta Soneira a Galvache.

—Es que no hubo investigación al padre de Mai —respondió él—. O sí la hubo, al menos hasta que comprobaron que de ninguna manera él podía tener a Yulia. Pero Mai eso ya lo sabía, Mai les dijo que su padre no había sido. Mai sólo pedía que le volviesen a traer a Yulia. No había papeles, no había libro de familia, no había nada. Hubo una gigantesca bomba en los medios que duró unos días y que se apagó a mi juicio demasiado misteriosamente.

—¿Nadie preguntó?

—Sabíamos que había pasado algo oscuro que se nos ocultaba, pero no quiénes lo sabían a ciencia cierta. Y por mi parte no podía hacer mucho porque la que se quedó sin habla, y sin juicio, fue Mai. Un día le insistí, me enfadé, tiré cosas. Me dijo algo así como que daba igual la verdad, si la verdad era injusta, y que lo que había ocurrido era injusto, y que lo justo no era tanto que nosotros tres fuésemos una familia, sino que Yulia tuviese unos padres como nosotros.

Cuando aquel hombre al que Mai reconoció, un hombre de grandes pulmones y barbas espesas, dio la voz de alarma *(«a nena non está»)*, lo primero que hizo Mai («yo estaba con ella, se quedó blanca», dijo Sonia) fue mirar el reloj y decir que hacía unas horas estaba muy cansada y ahora sin embargo no lo estaba en absoluto, y llegó a creer que mientras no apareciese la niña nunca más volvería a tener sueño, que nunca más volvería a estar cansada, aunque lo intentase con todas sus fuerzas, aunque llorase de rabia por no poder cansarse hiciese lo que hiciese, como caminar cien kilómetros y darse cuenta, espantada, de que podría caminar cien kilómetros más. Como si al desaparecer un niño se perdiesen automáticamente varios derechos, el más importante de todos el de seguir vivo creyendo en tu inocencia y en la de los demás.

—Sonia la abrazó, y cuando estaba abrazada a Sonia miró para mí —dijo Santi—. Siempre me ha impresionado que alguien te mire cuando está abrazada a otra persona, es un tipo de mirada muy diferente. No necesitaba a Sonia, me necesitaba a mí. Pero yo me enfadé con ella en ese momento y seguí enfadado después, porque Mai sabía que se iban a llevar a Yulia, y si sabía que se la iban a llevar era porque no era suya. Y yo llevaba pegado a esa niña un año, yo la quería. Para mí aquello también fue un infierno que acaparó en exclusiva Mai. Pasó un mes sin dormir conmigo.

Berta Soneira le hizo la pregunta que yo estaba haciendo mentalmente.

—¿Por qué después no lo contaste?

—¿De verdad eso tiene importancia?

—Pues…

—¿A alguien le consolaría?

—Supongo que no.

—Además —continuó Santiago Galvache—, no sabría dar respuesta a las preguntas de después. No se da una respuesta si no puedes darlas todas. Para eso es mejor estar callado. El dolor era real. La tragedia era real.

Cuando Berta Soneira dio por concluidas todas las grabaciones, y por tanto dejó el caso casi como lo encontró, salvo una inesperada puerta abierta, recordé una frase de Mai Lavinia, cuando aún hablaba con cierta propiedad, los primeros días en que fui a visitarla a Punta Faxilda después de la boda. Cuando por el pueblo corría, acompañada de suposiciones, sospechas y leyendas sobre ella, el rumor de que el único secuestro de Yulia lo había llevado a cabo ella, Mai. Me dijo: «Hemos hecho una cosa muy difícil, que es pasarlo bien. Ahora tenemos que hacer algo que es lo más fácil del mundo, pasarlo mal».

13. Berta

El 13 de diciembre de 2014, en el aeropuerto internacional de Southampton, en la costa sur de Inglaterra, un avión aterrizó de emergencia tras haber despegado veinte minutos antes. Nada más llegar a tierra empezó a arder; consiguieron salir varios pasajeros gracias al tobogán de emergencia. Las escenas, terroríficas, fueron grabadas por otros viajeros que esperaban en la terminal del aeropuerto. No todos pudieron salir, pues el incendio se propagó rápidamente. Uno de los pasajeros que consiguieron llegar a la pista de aterrizaje, Anthony M. Debussy, volvió al avión entre los gritos de los demás para que no lo hiciese: el fuego estaba en todo el aparato, que podía estallar de un momento a otro. El hombre, de cincuenta y seis años, no hizo caso. Entró en el avión, desapareciendo entre las llamas, y al rato dejó caer a tres niños, atrapados entre el fuego, por el tobogán; luego se tiró él mismo, los recogió en la pista, con dos en brazos y uno de la mano, y la cruzó hasta llegar a la terminal, salvándoles la vida. El avión explotó seis minutos después, y Anthony M. Debussy, gravemente afectado por la inhalación de humo, entró en coma a las pocas horas, cuando ya estaba hospitalizado, y murió a la semana siguiente; cientos de velas, plegarias y fotos suyas rodearon las verjas del hospital y se sucedieron homenajes en todo el mundo. Uno de los niños falleció esa misma noche; los otros dos sobrevivieron. Tenían entre seis y nueve años, las mismas edades de los niños que fueron abusados sexualmente por Anthony M. Debussy dos décadas antes, delitos por los que pasó doce años en la cárcel. Lo averiguó un periodista del *Southampton Star*. Desde que lo supo hasta que lo publicó pasaron dos semanas de intensos debates en la redacción; debates que se trasladaron a la sociedad inglesa cuando la noticia apareció en los medios.

La historia la publicó Berta Soneira en su libro de entrevistas ficticias a diversos personajes del mundo político y cultural; de esta forma, «entrevistó» al director de ese periódico, el *Star*, que no existía, de igual modo que no existía Anthony M. Debussy ni había habido tal accidente, para averiguar qué haría ella en su lugar, cuál era su relación con el periodismo, con la verdad y con los lectores.

Adolfo Mago Sampedro no había leído el libro y estaba entusiasmado, escuchando la historia por boca de su autora, en la terraza del Ranchito. Era el último día de Soneira en el pueblo. Me había recogido en casa, me llevó a dar un paseo por el pueblo, casi sin hablar, y nos sentamos a beber una cerveza. Parecía tranquila y en paz. Le pregunté si estaba contenta y me dijo que tenía mil horas de grabación, e incluso testimonios nuevos que daban luz sobre el caso, o podrían darla, pero que sobre todo había abierto el foco y profundizado en la figura de Mai Lavinia. Como la vida de Mai había sido tan corta, y sus dos años en Xaxebe pasaron volando y terminaron en desastre, la gente había hecho con ella el retrato que más se adecuaba a sus prejuicios, sus supersticiones y su voluntad, casi siempre mala. Durante años, cuando se hablaba sobre la desaparición de Yulia Lavinia, aparecía Mai envuelta en interrogantes, que es el mayor insulto que se le puede hacer a una víctima. Sospechas, dudas, misterio. Con la coletilla «los investigadores no descartan» se abría en los medios y luego en las calles todo tipo de aberraciones, desde que Mai la mató, nunca dicho con estas palabras, hasta que ella fue cómplice del secuestro o que sabía, dijo un digital sensacionalista hace pocos años a cuenta de una fuente anónima, dónde estaba el cadáver. Cuando ni ella misma sabía dónde estaba el suyo.

Mago Sampedro había congeniado con Berta Soneira; Mago era, para Soneira, el viejo reportero sin escrúpulos de siempre, el tipo curtido y oscuro lleno de pecados sin el cual un periódico no se abastecería de noticias sino de notas de prensa.

—La mierda está muy desprestigiada pero es inevitable —le dijo en algún momento—. Por eso si quieres trabajar en una redacción tienes que llevarla en los zapatos. Así no la llevas en las manos y no escribes con ella.

Después de que le sirviesen una cerveza pidió que le cambiasen las patatas fritas de bolsa por unas aceitunas. Se había quejado, palpándose las carnes, de que las patatas estaban aceitosas, y confesó que había empezado una dieta. Luego reclamó al camarero que las aceitunas se las trajesen con relleno de anchoa porque «una cosa es estar a dieta y otra andar histérico por ahí».

—Uno de los senadores romanos que mataron a Julio César estuvo aquí, en la Costa da Morte. Él y sus legiones temblaron de horror cuando vieron cómo al sol lo tragaba el mar. El *finis terrae*: se creían que todo acababa aquí. El senador se llamaba Décimo Junio Bruto Galaico —se presentó Mago.

—¿El Bruto de "tu quoque, Brute"? —preguntó Berta.

—No, pero también era familia, era primo lejano. Estuvieron los dos en la conspiración contra Julio (dijo «Julio»; yo me llevé mentalmente las manos a la cabeza). Llegó aquí por Lusitania. Anduvieron a hostias con los celtas.

—Yo no quiero joderos —interrumpió el camarero—. Pero el que tú dices que participó en la conspiración es Décimo Junio Bruto Albino, primo lejano de César y de Marco Junio Bruto, que era el traidor del "tu quoque". Y el que estuvo aquí, en la Costa da Morte, era abuelo de Marco Junio. Nada que ver.

Mago se le quedó mirando. Era un hombre mayor, de unos sesenta años, repleto de matices sombríos.

—Mucho Junio de Dios, ¿no? ¿No se sabían más meses?

El camarero se encogió de hombros.

—Y mira, ¿ahora piden saber la historia de Roma para trabajar en el Ranchito?

—No, pero mi familia es de Valencia. Que como sabes fue fundada por Décimo Junio Bruto Galaico.

—Pues no debió de fundarla muy bien cuando no le pusieron Valenciano. Y el "como sabes" te lo apunto, muchacho.

El camarero se marchó resignado; le tenía cogido el punto a Mago, que era un salvaje inofensivo, delicioso y sabio.

—Décimo Junio Galaico —continuó Mago, bajando un poco la voz por si le oía el servicio— tuvo que cruzar el río Limia, que ellos llamaban Lethes. De aquélla se creía que quien cruzaba el río perdía la memoria, así que las legiones se quedaron aterrorizadas al borde del agua, sin querer pasar. Fue el propio Décimo Junio Galaico el que cruzó el río solo y, al llegar a la otra orilla, empezó a pronunciar los nombres de cada uno de sus soldados para que supieran que no había perdido la memoria.

Entonces Mago se llevó una aceituna a la boca, la mordió con fuerza creyéndola con anchoa y, al dar con el hueso, le saltó un diente.

—Este papahostias —dijo girándose. El aire se le escapó por el agujero del diente volado, uno de los frontales de la mandíbula inferior, así que las eses las pronunciaba silbando.

—¡Deja de mirarme y busca el piño, coño! —me gritó.

Lo recogí del suelo con una servilleta y se lo dejé al lado de la cerveza, como si fuera una tapa moderna. «Es funda», aclaró. Puse cara de que me interesaba muchísimo, pero Mago siguió hablando.

—Yo tenía los dientes pequeños, me diagnosticaron algo relacionado con eso.

—¿Te lo tuvieron que diagnosticar?

—Sí, también a los enanos se les diagnostica acondroplasia. Las cosas no basta con verlas, hay que saber de ellas.

—¿Y qué te hicieron, te los alargaron?

—Me cargué la dentadura y me puse otra. Entonces esto que tengo aquí son fundas —abrió la boca exageradamente.

Berta Soneira lo miró con asco indisimulado («echo de menos cuando no conocía a los hombres») y le dio un sorbo a la cerveza. El pueblo olía a mar.

—Huele a mar en marea baja —dijo Mago—, como la carne cuando está a punto de pudrirse, que es cuando mejor sabe. Lo que habrá ahí dentro.

—El Mediterráneo no huele —dijo Berta.

—Porque la gente se os muere lejos, aquí se nos muren en las narices.

—Será eso.

—Si ya habéis acabado el documental —dijo Mago— y no hay cámaras de por medio (si quieres que alguien mienta, decidle que lo estáis grabando), os diré mi impresión de este caso. Después de veinticinco años he llegado a la conclusión de que el periódico que no dio la noticia consiguió la exclusiva. Y si la dieron todos, ya que por salud no leo todos los periódicos, el que abandonó antes fue el que la dio primero.

—Quieres decir que no hubo noticia.

—Humo, todo humo —levantó la jarra, entusiasmado, y le dedicó el trago a José Antonio Ventín, muerto diez años antes. «Mi director de periódico. Hasta un reloj parado da bien la hora dos veces. Va por ti».

Ventín fue el director del periódico en Xaxebe durante muchísimos años. Mago Sampedro contaba muchas veces su historia, y no hizo una excepción con Berta Soneira. Tantas veces la contaba Sampedro que yo mismo utilicé a Ventín en uno de esos relatos de verano que los periódicos nos piden a veces como fianza de las vacaciones en agosto.

Ventín era un hombre pálido y delgado que tenía estampa de cirio. Entraba todas las mañanas a las once con cara de funerario y se encerraba en su despacho con la cabeza hundida entre los brazos vigilando la puerta por si alguien la abría a traición. Cada vez que alguien traía una exclusiva lo primero que tenía que hacer era convencer a Ventín. El director se ponía unos anteojos extravagantemente grandes, que debieron de pertenecer a su bisabuelo, y miraba con cara de morsa al redactor. Cuando el redactor terminaba, Ventín abría la boca en tembleque.

—¿Esto... esto lo tiene alguien más?

—No, claro.

—Pues menuda faena.

El director Ventín sólo decía «menuda faena» dos veces: cuando se terminaban las chocolatinas de la máquina y cuando el periódico podía apuntarse un tanto. La sola idea de que su diario publicase una exclusiva lo mareaba físicamente. El director Ventín, un hombre llegado de lo profundo de la provincia, deseaba publicar todos los días en portada lo que sus lectores supiesen; no quería sobresaltarlos, se obligaba a presentarles un mundo conocido y apacible. No era servil con el poder, ni su fastidio se debía a tener que descolgar al día siguiente el teléfono, ni tenía miedo a una rectificación: lo único que ocurría es que Ventín detestaba la actualidad. Cada cosa nueva que pasaba en el mundo lo hundía en la pesadumbre. Ocupaba el día encerrado en su despacho con la radio y la televisión cogiendo polvo, mirando papeles inservibles, haciendo crucigramas y echando rápidos vistazos a una ventanita por la que adivinaba si se hacía de noche. Cuando le llegaba una página que contenía una noticia, José Antonio Ventín hacía esfuerzos por no ofenderse.

—Entonces me dice usted que ha estado trabajando las últimas semanas para confirmar esto.

—Así es.

—¿Y con el permiso de quién?

Tras dar luz verde, muy a su pesar, dedicaba el resto de la jornada a pensar la manera de no publicarla en portada.

Muy pronto en la redacción se puso de moda la expresión «ir a Ventín». Sucedía cuando alguien volvía del ayuntamiento con un anuncio o un policía llamaba a un redactor para contarle un suceso. «Vas a Ventín», decía el subdirector Fernández con el tono contenido de quien anuncia un fusilamiento. En la redacción cundió la sospecha de que los siguientes despedidos de la crisis serían los que publicasen noticias, así que los reporteros empezaron a esquivarlas como majaderos. No cogían el teléfono, iban de casa a la oficina por calles poco transitadas, y si alguien se acercaba con un chivatazo huían de él como alma que lleva el diablo.

El periódico llegó a ser un artefacto perfecto. Uno lo abría y tenía la sensación de que Ventín estaba viviendo por fin en la época que le correspondía. Todo lo más que se hacía era entrevistar al pregonero de algunas fiestas de barrio. Las opiniones estúpidas de alguien estúpido llenaban de felicidad al director, que entraba esa mañana en el periódico con un poco más de color. «Ha quedado muy bien la entrevista», decía. «A lo mejor hoy me acerco a las fiestas para escuchar el pregón».

—Aquel día era festivo pero él vino a trabajar, porque siempre estaba vigilante —le dijo Mago Sampedro a Berta Soneira—. El teléfono no sonó hasta las once de la mañana. Yo estaba de guardia y dentro de su despacho se encontraba Ventín haciendo un damero maldito. De la impresión que le dio el timbre cogió él mismo el auricular. El otro, igual de sorprendido porque le respondiesen tan rápido, colgó inmediatamente. Oí a Ventín decir «¿sí?, ¿sí?» y después colgar con un bufido. Se había puesto de pie, hiperventilando. El aire podía cortarse con un cuchillo.

Volvió a sonar el teléfono, dijo. Ventín lo miró desafiante: aquello empezaba a ser personal. Se acercó y, con toda la normalidad de la que fue capaz, descolgó con los labios temblando.

—¿Una niña desaparecida?

Sampedro vio cómo agitaba el reloj en la muñeca:.

—¿Qué le hace pensar que nos puede interesar a estas horas?

—…

—Por eso mismo, esto es un periódico, no una comisaría.

Colgó como sólo le había visto colgarle a su mujer, y hundió la cabeza en el damero maldito levantando el lápiz con asco, como si sujetase una lombriz, dijo Sampedro. «Vete a Faxilda a ver qué carallo pasa», le dijo al Mago con un suspiro de derrota.

—No hablemos más de Punta Faxilda, por favor —interrumpió Soneira el relato.

—No, no, yo todo lo que tenía que decir lo dije en la entrevista.

—Salvo eso tan esclarecedor de los periódicos y sus exclusivas.

—Son frases bonitas, no hay que fiarse de ellas —dijo Mago riéndose. Para él, dijo, el mundo está lleno de cosas fantásticas que nos pueden parecer perfectamente reales si nos hacen sentir bien. Por eso sólo cuando la farsa, o lo que fuera aquello, acabó, todo el pueblo reparó en que lo que había llegado a Xaxebe un año antes había sido una criatura de dieciséis años con una niña, aterradas las dos, seguramente escapando de alguien o algo. Pero lo que todos quisieron ver fue lo que vieron, incluida una supuesta figura fascinante que no era más que una adolescente con desórdenes mentales. «Muy atractiva, muy divertida y muy digna de casarse con ella, no digo que no», dijo.

Fuimos a Punta Faxilda para despedirnos de Pepe Galvache y de Lola, y para darles las gracias por las entrevistas y la hospitalidad. Estuvieron amables y sencillos, como corresponde a una hora inconcreta antes del mediodía, que era la hora en la que el alcohol y el afán de opereta empezaban a alegrar y enturbiar la casa. Berta Soneira estaba radiante y simpática. Empezaba marzo, pronto sería primavera y la primavera en Madrid, decía, es la mejor estación en la mejor ciudad. Pepe Galvache nos recibió en el porche con aire preocupado, pues el día anterior habíamos grabado a su hijo. «Hizo noche aquí conmigo pero marchó hoy. Le pregunté qué tal le había ido y me dijo que ya lo vería», sonrió. «El muy papán». Berta Soneira sonrió también y se sentó a su lado, dándole una palmetada en el muslo.

—Me cayó muy bien tu hijo. Y Novás también.

—¿Qué te dijo entonces?

—Que veinticinco años después su padre tenía que preguntarle a una periodista qué sabe su hijo de su boda frustrada.

Pepe Galvache se puso tenso, aunque disimuladamente. Tenía esa rara capacidad supongo que de jugador de cartas.

—Y que la hija de Mai, básicamente, no era de Mai. Pero yo supongo que eso usted ya lo sabía, lo que no sé es desde cuándo y por qué no lo dijo.

Pepe Galvache, resabiado y viejo, la miró varios segundos.

—¿No estamos grabando, entonces?

—¿Usted qué cree?

—Y qué le dijo mi hijo, cuénteme.

Soneira respiró hondo el aire limpio de la costa. Podía ver, desde allí, la playa vacía y helada de Xaxebe.

—¿Conoce la canción de los Beatles, "Let it be"? Pues eso me dijo su hijo, "Let it be". También usted. Y no digamos ese alcalde suyo.

Pepe Galvache hizo una cosa graciosísima, que fue coger su teléfono móvil, pedir a Soneira que deletrease "Let it be" y ponerlo en el traductor de Google. «Déjalo estar», leyó. «¡Ah!, me parece muy bien. Nos engañaron y nos engañamos, hay que dejarlo estar».

—¿Le puedo preguntar alguna cosa más? Y disculpe este aire de final de misterio, yo le aseguro que el misterio ya lo conocía al venir aquí.

—¿Ya lo conocías? Pues compártelo, mujer.

—No, de verdad, ¿le puedo hacer algunas preguntas?

—¿Nos vas a seguir mintiendo? —Galvache se puso serio, apretando como solía aquellos labios imposibles que parecían operados, si Galvache supiese que esas cosas se pueden operar.

—Yo no miento. Si miento, me aburro.

—Ya. Yo contigo hablo confidencialmente. Sin el muchacho delante (por mí), y por supuesto sin permiso para utilizarlo en el documental, y naturalmente no te puedo decir todo porque todo no lo sé, porque sé hasta donde puedo.

Los dejé solos. Me fui a la cocina, abrí una cerveza con Lola y nos sentamos mirando a los jardines en los que se celebró la fiesta de la boda.

—Siempre me alucinó que en esta casa de jardín y bosque no hubiese una sola planta —dije.

—Cosas de Pepe. Su mujer tenía muchas, y cuando murió se dejaron ir.

—¿Qué quiere decir con que se dejaron ir?

—Que las dejamos de regar. La niña estaba empeñada en volver a tenerlas. Y como Pepe no la dejaba, el día antes de la boda salió con la regadera y se puso a regar las de los vecinos. "Para que el pueblo esté bonito mañana", dijo. Pobre cabeza.

Sonreí, o lo intenté.

—Ya no os lleváis —dijo.

Supe perfectamente a qué se refería, a Martín Novás y a Santiago Galvache, y como yo también me marchaba de Xaxebe esa misma tarde, y no sabía cuándo volvería y ni si volvería a ver a Lola, sentí la necesidad de decirle la verdad.

—No nos llevamos porque cada uno tiene la sensación de que el otro sabe algo más. Y ahora sabemos lo que sabía Santi, pero no sabemos si es todo o no, y así siempre, y es muy cansado. Además —añadí—, les tengo manía.

Lola pelaba patatas mientras me escuchaba. Mi abuela también pelaba patatas cuando pretendía hablar conmigo en serio y yo la rehuía; se sentaba en la cocina, y si cogía una patata y un cuchillo, ya sabía que se avecinaba «charla». Todas aquellas viejas pelaban patatas para escuchar, no para freírlas o cocerlas; de hecho la patata, en su mente, es tu cabeza. Yo creo que el mundo de la gastronomía le debe muchas recetas a muchas abuelas con necesidad de hablar con sus nietos que se encontraron con docenas de patatas peladas sin saber qué hacer con ellas.

—¿Manía por qué, fillo?

Más verdades en la boca del estómago, de repente.

—Por celos. Lola, los amigos cuando dejan de serlo siempre es por envidia. Nada más. Los envidiaba mucho y a la mínima razón, rompimos. Sin traumas, sólo dejé de verlos. Pero pienso en ellos y hablo de ellos con crueldad y despecho.

Un grito alegre nos interrumpió. Soneira atravesaba la casa desde el porche y llamaba a Lola. Miré el móvil, había pasado media hora desde que se quedara a solas con Pepe Galvache. Lola nos acompañó al piso de arriba porque, dijo Soneira, quería tomar planos caseros de la habitación de Mai, no la de Santi y Mai, más amplia, sino de la habitación en la que Mai se recluyó tras la desaparición de Yulia. Soneira llamó la atención sobre su amplitud; no había reparado en ella hasta ahora. «No era así», dijo Lola, «pero Mai siempre quiso tener un vestidor, y Santi le prometió que se lo haría. Mai murió antes, pero Santi ordenó hacerlo igual. Lo hizo, lo acabó y lo dejó vacío porque no había casi ropa con el que llenarlo».

—¿Nos puede dejar solos para grabar? Es una de las noticias ésas que recortaba Mai, nos vendrá bien para tener algunas imágenes de recurso —la pregunta de Soneira, cortante, sorprendió a Lola, que hizo un mohín no sabe si de tic o de disgusto. Pasaba a veces que quería expresar algo y la gente pensaba que era involuntario.

Berta se acercó al cajón que ya había abierto días antes con Lola para grabar el documental. Era un cajón en el que Mai guardaba varias carpetas con recortes de las noticias del periódico que leía cada día, fuese cual fuese. Miraba la fecha de un recorte, y seguía en la misma carpeta o pasaba a otra. Por fin, en la primera, con los recortes de periódicos más antiguos, dio con una noticia. «Lo sabía», dijo sonriendo con amargura. Era de la navidad de 1991, un recorte de *La Vanguardia*; la noticia era la detención de J.S.M., de treinta y tres años, acusado de una agresión con arma blanca y resultado de heridas leves. Tres años de cárcel por antecedentes. Guardó el recorte, tras doblarlo en cuadraditos pequeños, en el bolsillo trasero de su vaquero.

—Vente —dijo, y salimos al pasillo para colarnos en la gran habitación de matrimonio desde la que se veía el mar, a lo lejos, y en donde dormían en los tiempos felices Mai, Santi y Yulia.

—No hables ni hagas ruido —susurró cerrando despacio la puerta.

Me quedé parado, mirándola. Se movía por la habitación como un felino buscando algo, y cuando lo encontró apretó los puñitos, feliz. Se quedó mirando para mí, y juraría que tenía los ojos llenos de lágrimas. Había encontrado en una pared, tras fijarse mucho, las marcas débiles que Santiago Galvache le había hecho cada día a Yulia cuando la niña se despertaba. Un raya pegada a otra, formando cada vez una más gruesa, que es en lo que consiste crecer cada día y dejar constancia de ello: un borrón cada vez más grande.

Soneira se quedó mirando las marcas como si fuese un insecto pegado a la pared. ¿Echaría a volar si se acercaba demasiado?

—¿Me pasas el lápiz? —preguntó de repente.

—¿El qué?

—El lápiz.

—¿Qué quieres hacer? —de pronto todo empezó a darme vueltas.

—Calla y cierra la puerta.

Le di un lápiz, cerré la puerta, y ella se pegó a la pared, la espalda recta y las plantas de los pies bien pegadas al suelo, y se dibujó una línea sobre su cabeza; una línea recta, perfecta, separada por setenta y cinco centímetros de la marca que dio Yulia Lavinia el 3 de junio de 1994.

No dije nada. Ella tampoco, aunque parecía feliz. Nos fuimos de Punta Faxilda, fuera estaba nublado. Tanto que a los pocos pasos ya no veíamos la casa, que había sido su casa, la casa en la que vivía aquella familia que también había sido su familia, en cierto modo, y por la que había pasado como un viento frío despeinándolos a todos un poco, no lo suficiente.

Me trajo a Pontevedra, desde donde seguiría hasta Vigo para coger la carretera a Madrid. Movía el volante con una mano y con la otra daba palmaditas en la puerta, con la ventanilla sin subir. Se había colocado un guante en la mano izquierda, como Michael Jackson.

—Puedes decir lo que quieras —dijo cuando salimos del pueblo—. Puedes mandarme a la mierda, también. Pero no lo merezco.

En ese momento, con los labios sellados por el frío y el miedo, sólo quería decirle que yo fui quien le dio un calippo de fresa por primera vez. Que no le gustaba porque quería «el verde», de lima limón, pero insistí y al final le gustó cuando se empezó a deshacer, ese momento granizado del calippo en el que la fresa sabe a gloria. Y se pasó el resto del verano comiendo calippos con la boca pegajosa por la fresa, hasta que una tarde se le infló la barriguita y Mai me riñó porque tanto helado le podría sentar mal.

—¿Estás enfadado? —preguntó Berta.

—No, no —dije. Tenía muchísimas ganas de llorar, pero no podía, porque no sabía por qué. Me sentía triste, engañado y resentido, pero sobre todo estaba feliz. La felicidad de saber, muy superior a la felicidad, nada desdeñable, de no saber.

—Es una historia corta, una historia como cualquiera —dijo ella.

De Xaxebe a Pontevedra había una hora de coche, de esa hora nos interesaba un momento, un segundo quizá. Cuantas más horas le dediquemos a ese segundo, dijo, menos se parecerá ese segundo a la realidad y más a la verdad.

J.S.M. y su mujer era una pareja de feriantes a los que llamaban los Soneira o los Sonados, descendientes de un clan gitano de la barriada de la droga de A Coruña, Penamoa. Los dos acabaron en Barcelona, pero se movían por toda España en verano según las fiestas. Se trataba de una pareja menos nómada que los Bernatellada, el matrimonio que los acogió en

Cataluña. Los Bernatellada sí viajaban en muchas épocas del año y a veces para quedarse en un sitio durante temporadas largas, como en Mar de Fóra, en la Costa da Morte. Los Bernatellada y los Soneira. Dos matrimonios prácticamente de la misma edad, si bien los Bernatellada tuvieron una hija casi de adolescentes, a la que llamaron Isabel, y los Soneira «en eso eran menos gitanos, si me permites la expresión», según Berta. Los Soneira tuvieron una hija, Julia; su madre murió de cáncer poco después.

Fue la época en la que los Bernatellada volvieron al bloque en el que vivían en Barcelona porque Isabel había heredado de la abuela materna «un aire», una enfermedad mental, y sus padres se asustaron. En Barcelona, con tratamiento, se encontraba mejor; fantasiosa, hiperactiva, rebelde, pero como cualquier niña.

—Una navidad, en Barcelona, pasó esto —Berta Soneira me tiró el recorte de periódico que Mai guardaba en sus carpetas de las noticias—: J.S.M., José Soneira Martínez, mi padre, apuñaló en una reyerta a otro tipo. No era la primera vez que se metía en jaleos y ya había estado en la cárcel por robo. En fin, finales de los ochenta, principios de los noventa, ya sabes.

Yo no sabía, en realidad. Mi familia y todas las que conocía eran normales, pero en aquéllas que no lo eran siempre venía incorporada la excusa de la época.

Y así fue como Julia se quedó a cargo de Isabel. Todos los días y todas las horas de todos los días. Isabel llamaba Yulia a Julia, y a sí misma Mai. La niña, cuando creció y empezó a conocer, poco a poco, su historia, decidió no llamarse ni Julia ni Yulia, sino Berta. «Cuando empecé a leer mucho en las bibliotecas de Barcelona, y a escribir, y cumplí dieciocho años, decidí que no quería ser hija de mi padre, sino de Juan Marsé», me dijo riéndose, «así que me puse Berta, como la hija de Juan Marsé. En fin».

Berta Soneira siempre quiso saber quién era María Isabel Bernatellada, Mai, su madre durante casi tres años, la primera y única que conoció. Mai se escapó con ella cuando el padre de la niña estaba a punto de salir de la cárcel. «Hacía brillar el presente, pero en el pasado y en el futuro era lo que era: una pobre loquita de dieciséis años con la cabeza medio rapada casándose con el traje de un camarero. Y a pesar de eso, no le cabía en la cabeza una infancia, la mía, con ese hombre», me dijo. En Barcelona, Mai estaba en tratamiento, le seguían la pista, se conducía con cuidado. Pero al escaparse con la niña se escapó también de sí misma, de sus médicos, de sus fármacos. Impuso su vida imaginaria a la real, construyendo un presente en el que ella era Mai Lavinia, apellido sacado del nombre de la hermana de Emily Dickinson, la única poeta que conocía, y las dos no tenían vida detrás ni delante, de ahí que dijese que veía todo treinta minutos después: para tener la oportunidad de censurarlo o acomodarlo a su realidad; sería artista, se enamoraría, nunca envejecería.

Cuando José Soneira salió de la cárcel puso la ciudad patas arriba buscando a su hija, y terminó amenazando a los Bernatellada; había dejado al bebé a su cargo en gesto de extrema confianza, lo quería de vuelta. Para entonces el padre de Mai ya la estaba buscando, para que no la encontrase antes Soneira.

No tuvo suerte: Soneira dio con ella en Madrid gracias al chivatazo de un amigo común de las familias. Ese día Mai había dejado a Yulia sola en casa para ir a unos recados; José Soneira conocía el barrio. La atrapó, le pegó, le pidió que le devolviese a Yulia y Mai, tras lograr escapar del coche en que la había metido, se llevó varios balinazos de una escopeta de feria en la espalda. Berta Soneira no lo justifica: «para mí era un hijo de puta de la peor clase, porque era un hijo de puta con los demás, difícil y violento, y la cárcel sólo sirvió para empeorarlo, pero yo era lo único que tenía, su única conexión con el amor, y a mí me cuidó bien». El problema de criarse con un padre así es la cantidad de obstáculos que uno no sabe que lo son hasta que tropieza con ellos.

Mai huyó de Barcelona, pero a su padre no le costó encontrarla en Xaxebe. Le costó menos que a José Soneira, que no había estado nunca en Mar de Fóra.

—Aquí pasaron buenos momentos cuando eran jóvenes. Mai volvió buscando eso, y su padre volvió buscando a Mai. Trató de convencerla desde un año antes de que ocurriese. Siempre por las buenas y siempre con cariño, porque Mai estaba como estaba. Pero en cuanto saliese mi padre de la cárcel, ya no podría ser por las buenas ni podría ser con cariño. Como pasó.

Me quedé callado, ella también. Sabía que hablaría. Sabía que hablaría porque sabía que yo iba a escribir la historia, con otros nombres y en un lugar inventado, y que ella no iba a estrenar el documental. De hecho no pensó nunca en estrenarlo. Por eso me lo permitió tiempo después ver sólo a mí.

—Fue Francisco Girón el que puso en contacto a Pepe Galvache con Ricardo Bernatellada, a petición de éste. Y Ricardo Bernatellada puso en antecedentes a Galvache. El acuerdo era que la niña se fuese durante la luna de miel, para lo cual había que convencer primero a Mai de que no se la llevase al viaje. Fue fácil porque, siendo menor de edad y viajando con una niña, en el aeropuerto tendría que responder a muchas preguntas. El problema es que, después de ese acuerdo al que llegaron los mayores, Mai llamó a su padre la noche antes de la boda. Para Bernatellada era la última oportunidad de no llevarse a la niña, a mí, a espaldas de Mai; lo intentó una vez más, no le culpo. El problema es que los vio Galvache, que llamó a Girón, y le dijo que si seguía merodeando por su casa o tratando de cambiar de planes, la niña no se iría. No de esa manera. Mai lo tenía todo, menos la suerte.

—Y se la llevaron esa misma noche, entiendo.

—No sé cómo, nunca se supo y a nadie le interesó ya. Y si alguien lo sabe calla, pero Pepe Galvache dice que hasta pudo ser la propia Mai la que abrió la puerta interior de casa a quien lo hiciese. Yo no lo creo, pero es verdad que iba a ocurrir antes o después. ¿Jugaste alguna vez a la ruleta rusa tú solo? Cuando lo hagas, no aprietes despacito el gatillo ni te tomes tu tiempo entre un disparo y otro. Hay que hacerlo a toda hostia.

Aparcamos en Pontevedra para despedirnos. Sacó el recorte del periódico que había guardado en el pantalón, «a ver qué te parece, a mí me parece simpático», y que yo creí que era del suceso de su padre en las navidades de 1991. Pero no, había cogido dos de la carpeta de Mai y éste era era de una entrevista en *El País* a Luis Ruiz de Gopegui, un veterano de la NASA. El titular decía: «Marte es un planeta con mala suerte». En el texto, el científico explicaba: «Una incógnita muy importante sobre el origen de la vida es que no se sabe si es un fenómeno relativamente común, es decir, si cuando hay productos químicos se va aumentando automáticamente su complejidad y aparece la vida, como dicen algunos, o si sólo en casos excepcionales puede aparecer la actividad biológica, como sostienen otros. Esto se puede aclarar algo con el descubrimiento de indicios de protovida en Marte, porque si tanto en la Tierra como en Marte ha aparecido la vida muy tempranamente, parece que nos inclinamos hacia la hipótesis de que es un fenómeno difícil, pero relativamente probable».

Sonreí al imaginar a Mai recortando la noticia, encantada. «Nuestra pequeña Miss Marte», dije. Pero miré la fecha: 11 de agosto de 1996. Y miré a Soneira, y volví a mirar la fecha. «Tranquilo, no se puede entrar y salir del mar como si fuese una discoteca. Habrá sido Lola, o Pepe, o hasta Santi, que en esas fechas aún volvía a Xaxebe», dijo. Pero a mí me parecía más natural que fuese Mai, viva o muerta, que cualquiera de esos tres.

Cuando me despedí con dos besos, siempre al lado de los labios, siempre a punto de algo como Mai Lavinia, un pensamiento me golpeó en la cabeza, una idea que a punto estuvo de escurrírseme entre los dedos.

—Las pecas... —le dije.

—¿Mi triángulo de pecas? ¿Cómo lo pudiste ver? Quizá me las pegó ella, fueron unos años muy intensos juntas.

Pensé, al llegar a mi viejo piso, en que uno se hace mayor cuando las cosas que no sabe son más que las que sabe, y que a veces la felicidad, o la supervivencia, consiste en un pacto tácito acerca de la conveniencia de la mentira, entendiendo mentira como la verdad que no interesa a nadie porque seríamos peores con ella. Y sin embargo... A Mai le gustaba hablar de «verdades piadosas», cosas que no se debían decir pero se decían para hacer sentir bien a alguien. Berta Soneira sólo se permitió conmigo la verdad piadosa, supongo que para aplacar mi resentimiento. El impacto en mi vida afectaría sólo a una parte de mi pasado, única e irrepetible, mientras que esa verdad dicha a Santiago Galvache terminaría golpeando su vida. Él no contó en la entrevista (quizá porque no tenía pruebas concluyentes) que había tenido noticias de Yulia y por tanto sabía que seguía viva; ella le escribió para decírselo sin revelar su identidad, como una donante anónima.

Muchas veces soñé con Mai metiéndose en el mar, y muchas veces al despertar pensaba no en lo que hacía la gente mientras se moría, sino en lo que hacíamos los demás mientras no lo sabíamos. Al cabo de varias semanas, tras revolver la casa, le envié a Berta Soneira el trozo de vestido de Mai que había encontrado después de un naufragio en Mar de Fóra. Ya no había noticia, no había caso, no había desaparición ni muerte; sólo un cielo hueco, unas estrellas colocadas para nosotros que dejaban de brillar cuando se acababa la canción, que dejan de brillar siempre que se acaba la canción.

Este libro se terminó
de imprimir en
Móstoles, Madrid,
en el mes de
febrero de 2021

«Para viajar lejos no hay mejor nave que un libro.»
EMILY DICKINSON

Gracias por tu lectura de este libro.

En **penguinlibros.club** encontrarás las mejores
recomendaciones de lectura.

Únete a nuestra comunidad y viaja con nosotros.

penguinlibros.club